A
REJEITADA

CLAUDIA TAVARES

A
REJEITADA

São Paulo – 2011

Título original: A Rejeitada

Copyright © 2011 by Claudia Tavares

Editor responsável: Eduardo Botino
Coordenação editorial: Sílvia Sena
Preparação do original: Jane Cantu
Revisão: Sílvia Sena e Kelly Machado Souza
Capa: Rodrigo Rojas
Foto da capa: José Cruz
Diagramação: Nelson Mitsuhashi

CIP-BRASIL. CATALOGAÇÃO-NA-FONTE
SINDICATO NACIONAL DOS EDITORES DE LIVROS, RJ

T229r

Tavares, Claudia
    A rejeitada / Claudia Tavares. – 1.ed. – São Paulo : Cia dos Livros, 2011.

ISBN 978-85-63163-34-9

1. Tavares, Claudia – Biografia. 2. Escritoras brasileiras – Biografia. I. Título.

10-5863.   CDD: 869.98
                          CDU: 821.134.3(81)-94

022859

Editora Cia. dos Livros
R. Néa, 79 – Vila Ré – São Paulo – SP – CEP 03662-000
www.editoraciadoslivros.com.br
editora@editoraciadoslivros.com.br

AGRADECIMENTOS

A Sébastien (com quem vivo há quinze anos), hoje meu marido, por ter me encorajado tanto a voltar a escrever.
A Fanfan, minha sogra, minha verdadeira amiga.
A minha cunhada, Sophie, por quem tenho muito amor.
E a todos os meus amigos... que são muitos!

PREFÁCIO

Não importa o que digas, meu Amor será sempre maior que teu Ódio.

(Claudia Tavares)

Há 23 anos escrevi meu primeiro livro, *La femme inachevée* ("A mulher inacabada"). Esse foi o título de sua publicação. No início eram 1.500 páginas, escritas dentro de uma prisão, nas quais eu contava como foi minha infância no Nordeste do Brasil, na cidadezinha ainda hoje chamada de Garanhuns. Pedofilia, regime militar, intolerância religiosa, pobreza, prostituição; pancadas, pauladas, humilhação no dia a dia; fome, tristeza, incerteza de ter uma vida digna de um ser humano, além do mais quando se tem apenas 7 anos. Eu chamei esse livro de "A criança de ninguém".

Também explicava minha chegada a São Paulo com 12 anos de idade, sozinha, e minha vinda para a Europa. Sem esquecer de explicar "Como matei a rainha de Pigalle", segundo título que o livro quase teve.

Por fim, o intitulamos "A mulher inacabada". Um mês antes de ser publicado, li o texto. Chorei muito! Das 1.500 páginas só restaram 300. Eu tinha escrito um testemunho, mas me vi inserida em algo sensacionalista. Era moda, mostrar os brasileiros como curiosidade de circo em Paris, e eu... só sou palhaça quando quero.

Passados 23 anos, decidi que esta história – a minha, que pode ser parecida com a de tantas milhares de crianças ao redor do mundo, mas que é apenas a minha história – venha a ser conhecida pelos meus compatriotas. Pensei em escrevê-la em forma de romance, porém, achei melhor contar a verdade. Por que me esconder? Minhas lágrimas ainda me acompanham, os sorrisos também. Aliás, o mais importante não seria ter encontrado a paz? Consegui transformar toda a minha infelicidade na mais pura felicidade, as minhas incertezas em realidade, os meus medos em combatividade e a minha agonia em beatitude.

O mundo também mudou: agora as pessoas se interrogam. Pelo menos eu espero que sim.

Sumário

Prólogo 11

Primeira Parte 17
    Rio de Janeiro, Brasil, 1970 17
    Palmeira dos Índios, 1957-1962 18

Segunda Parte 85
    Paris, 1979 85

Terceira Parte 135

Última Parte 183

PRÓLOGO

Não causarás torpedeamento aos direitos dos expatriados, nem dos órfãos.

(palavras da Bíblia Sagrada)

Expatriada e órfã: eu era exatamente isso quando cheguei a Paris, em 21 de março de 1979. Se tivesse chegado de avião, com certeza acharia Paris esplêndida; daria o mesmo grito que todos os turistas: "*Oh my God! It's so beautiful!*". Mas não, cheguei de trem, pela manhã, e tive de pegar o metrô. Então, achei Paris feia e fria, igual aos velhos moribundos. As pessoas eram acuadas e distantes. Os rostos lívidos, como que esverdeados. Quase me arrependi de ter deixado o meu Brasil. Comecei a soluçar como uma criança perdida no meio de uma multidão dentro da estação Gare d'Austerlitz. Havia muita gente, mas ninguém parou para perguntar por que aquela adolescente estava chorando. Comparei aquelas pessoas às formigas que eu comia quando era criança: meus antepassados indígenas diziam que isso era muito bom para sarar a gripe. Meu coração ficou apertado, latejando... Uma imensa angústia me subiu dos pés até a raiz dos cabelos. Podem ter certeza: se essa primeira viagem fosse de ida e volta, creio que eu teria voltado na mesma hora! Infelizmente, para Elisa, e também para mim, o destino quis que eu ficasse em Paris...

Destino? Hum... não sei se realmente acredito nisso, porque não tive só um, mas vários! Seria razoável deixar o Brasil e vir morar em Paris para aguentar o ódio e o racismo na vida cotidiana, além de ser humilhada, não por parte dos próprios franceses, mas por outros imigrantes?

Eu tinha tudo no Brasil, no meu verdadeiro LAR! O carnaval todos os anos, as festas juninas; podia dançar em qualquer lugar sem que tivesse um chato para me dizer:
– Olha, para a música senão eu chamo a polícia, tá? Se quer escutar tua música de selvagem, volta para o teu Brasil!
Meu apartamento? Uau! Olha, coisa linda e chique, tá? Ali pertinho da TV Globo. Pô, eu tinha meu carro, claro que sim!!! Mesmo com a ditadura, eu tinha liberdade. E, para falar a verdade, eu não tinha nem 18 anos!
Estão vendo? No Brasil chamamos isso de "vida bem-sucedida". Mas, para mim, uma vida bem-sucedida era e continua sendo, antes de tudo, ter uma grande cultura geral.

Não era o meu caso: eu era ignorante e muito absorta nas coisas do amor, na minha carinha "bonitinha", no meu corpo "sublime". Eu era como a maior parte das garotinhas brasileiras: cretina, católica e caótica.

De vez em quando, eu ia à igreja dar uma rezadinha para minha mãe falecida. Aproveitava para lhe devolver o dinheiro "emprestado" quando não tinha o que comer. Me autoperdoava. Também tinha um homem na minha vida; hum, eu achava que tinha, oxente! Tinha mesmo era um *brutus neanderthalensis*, como muitos homens no Brasil... e também lá fora.

Quando a gente brigava, ele virava raiva pura! Me espancava, me jogava na cama, me dominava completamente, me beijava, me fazia dançar no chicote dele. Começava tudo de novo assim que eu, ocupada a costurar, esquecia o arroz no fogo. Porradas na cara, pontapés nas pernas. Olho roxo, marcas negras nas coxas; eu pensava que tudo isso era normal: a inocência não mede a brutalidade humana.

O Mané tinha 19 anos e eu 14 quando fomos morar juntos. Eu não reagia às suas pancadarias porque sempre o estava desculpando. Sempre tive a fineza de desculpar a ignorância dos outros. Para mim, sofrer fazia parte da vida. Cristo tinha sofrido. Minha mãe tinha sofrido. Todas as minhas irmãs tinham conhecido o sofrimento; era a minha vez. Achava normal. Muita vezes, dava-lhe razão: ele não queria que eu fumasse maconha; mamãe também não, então, eu pensava que ele estava certo em me punir. E acabava perdoando-o.

Mesmo achando que ele tinha razão, um dia a taça enche demais, transborda e a última gota irrita e aborrece nosso Eu.

– *Ô sua cadela! Piranhona descarada; sua biscate! Tenha vergonha nessa tua cara! Burra, acorda sua piranhuda! Te enxerga, sua estúpida! O que quer com esse cara, hein? Esse filho de uma puta nem te ajuda a pagar teu aluguel! Ele age como se fosse um homem das cavernas, te bate por qualquer motivo e tu continua a amar esse merda, acorda! Já ensinaste esse bode cheiroso a escrever e a ler, ele devia era procurar um trabalho! Você tem de parar de comprar as coisas pra esse vira-lata perfumado! Se pelo menos fosse com você que ele saísse... você dá tudo pra ele ser elegante e é com o triângulo capineiro daquela loiraça oxigenada que ele vai afogar o ganso! Já chega! Se ele te espancar, arranque os olhos dele e você vai ver se ele vai se acalmar ou não. Siga o exemplo da tua mãe, que nunca abaixou a cabeça pro filho de uma puta do teu padrasto, cachaceiro sem escrúpulos! Lembra-te!*

Foi aí que uma voz interior, surgiu do fundo do meu coração, e eu disse para ele ir pro cafundó do judas, para casa daquela coisa tão feia que nem o diabo queria ver. Ele tinha de procurar um emprego apartir de então, para me ajudar a pagar o aluguel.

Só que meu "carinhoso cafetão", o Mané, tinha bebido naquele dia e não estava com paciência para me escutar; ele se jogou em cima de mim e me cobriu de pontapés.

Nesse justo momento, a voz voltou! Cheguei a pensar que era Joana D'Arc. Só que eu não escutava a voz de uma santa, não! Esses murmúrios eram da minha mãe tão amada, que me sussurravam:

– *Te ensinei a se defender e você me envergonha! Como é que você pode deixar que ele te insulte, te humilhe, te espanque como se você fosse uma meretriz vulgar?!*

Eu não sei como, mas instantaneamente uma força estranha vindo de não sei onde tomou conta do meu corpo. Sem mais esperar, me joguei sobre o Mané como uma cadela doida, enfiei as unhas de dois dedos bem nos olhos dele, dei um pontapé em cheio nos seus atributos reprodutores e rolamos no chão, agarrados um ao outro como dois *pit bulls*!

Babando como uma hiena diante da presa, eu lhe disse:

– Mané, escute bem: daqui pra frente você só me toca se for pra fazer amor, está claro?! Se o arroz não está bem feito, pois bem! Vá cozinhá-lo você mesmo, coisinha nojenta. A carne não está do seu gosto, tô pouco ligando, vai bater punheta pro Satanás. E tem mais, meu caro Mané, de hoje em diante é você mesmo que vai passar tuas camisas e tuas calças! Aliás, fique sabendo que eu odeio engomar, passar, repassar! Que diacho! Tenho coisas muito mais interessantes pra fazer que passar meu tempo a me ocupar de ti, rapaz!!! Você não é mais criança e eu não sou tua mãe nem sequer tua empregada doméstica, tá bom? Antes de você começar a foder com tua loira oxigenada, eu tinha prazer em fazer tudo isso, era-te devota, submissa como aquelas mulheres do Saara que usam véu, porque eu ainda não sabia que você ia molhar o biscoito fora de casa! Agora, nunca mais vai ser igual! Acabou! Terminou! Basta! Vendo que ela se ocupa muito bem da tua rola, rapaz, ela poderá tomar conta também de lavar, limpar e passar pra você...

E saí de lá!

Não estando de acordo, lógico, ele tentou me espancar de novo. E se defendeu também, até a chegada do porteiro do prédio junto com a polícia.

Foi a última vez que o Mané me bateu.

No dia seguinte, telefonei pra minha melhor amiga, a Nívea. Como ela estava procurando apartamento, eu lhe propus que viesse morar no meu e a gente dividiria o aluguel. Ela não hesitou nem um minuto! O apartamento era muito grande só pra mim: quatro quartos bem confortáveis. Tinha também a minha empregada Pretinha de 16 anos, que trabalhava quase de graça. Que vergonha!

Nívea namorava um jovem advogado de 29 anos, louco por ela, que ainda morava na casa dos pais. Ele se chamava Carlos. Era um verdadeiro colosso, gordinho como um peru criado pras festas natalinas. E cheio de vícios! Estava sempre gastando o dinheiro do pai em jogos, praticava furtos em supermercados e fazia felação nos travestis.

A Nívea tinha a mesma idade que eu, era morena clara, como eu, e alta, como eu, mas não tinha os olhos verdes amendoados, como os meus, e nem o mesmo sexo, pra dizer a verdade... mas isso já é outra história, que contarei mais adiante. Ela era muito inteligente! A prova: foi o Carlos que comprou o Fiat vermelho do ano pra Nívea! Um Fiat soberbo! Vermelho. Cromado. Era tão bonito que muitas coleguinhas ficaram com inveja. Foi o Carlos que pagou todas as despesas para que Nívea pegasse o apartamento.

Assim, a Nívea me disse que só aceitaria vir se o Mané não botasse a cara de burro faminto em casa. Ela não gostava dele, nem ele dela! Ele não simpatizava com pessoas como a Nívea e ela sabia que ele me batia. Vendo meu lado, eu não tinha escolha: por causa do Mané, tinha colocado meus inquilinos pra fora e o aluguel estava atrasado. Pra falar a verdade, já fazia um bom tempo que eu vivia como os novos-ricos... gastando tudo e até o que eu não tinha!!!

Nívea era minha salvadora! Como ela traria seus pertences, móveis etc., vendi tudo o que tinha em casa, deixando só a cama para o caso de... hum, quem sabe, né?

– E nós nisso tudo? – latiu o Mané quando eu lhe expliquei nossa nova situação.

A partir de então, se ele quisesse me ver, a sós, tinha de ganhar dinheiro pra pagar o motel, senão... nada!

– É tua culpa, Mané, você deveria ter pensado antes de ir me cornear, tá? – eu disse miando, muito feliz comigo mesma!

Mané achou que isso não teria sido razão para colocá-lo pra fora. Em todo caso, foi uma boa para que ele parasse de me bater; foi o que eu lhe respondi, só para ter a última palavra.

Hoje, mil lembranças embaraçam minha mente. O Preto Velho, Mané, Nívea, São Paulo, o falecimento da minha mãe – eu tinha apenas 13 anos –, os dias trancafiada nas delegacias de São Paulo durante a ditadura, Paris, Elisa, Proust, Victor Hugo, Freud, a Bíblia, meus sete anos na cela número 7 depois de ter dado sete tiros pra salvar minha pequena vida, que não valia nada pra ninguém.

Como explicar tudo isso, e por quê? Por que a escolha de escrever tanto em francês como em português? No primeiro idioma porque eu queria que os franceses conhecessem minha história por meio do meu livro, mas a tão falada democracia deles parou na porta da cadeia! E no segundo idioma porque eu gostaria muito que meus compatriotas, meus irmãos e irmãs brasileiros, lessem a minha história com muita atenção, sem preconceitos nem julgamentos. Saibam, todos vocês: a fatalidade não existe. Se Deus existe – e talvez Ele exista –, o que mais há no mundo é muita mentira no que contam os religiosos.

Eu acho que sou protegida e guiada por um ser supremo desde que nasci, pois toda vez que me achei numa situação desesperadora, angustiante, quando já pensava que não tinha mais saída, uma coisa extraordinária aconteceu, e ainda acontece, me tirando das piores encrencas, como que por encantamento – puf! Acabou! Tudo está bem de novo. Também sei que, com muito amor e coragem, nossos sonhos, aqueles que tivemos quando éramos crianças, podem se tornar realidade.

Porque eu, Claudia, pequenina orfã do Nordeste do Brasil, consegui realizá-los quase todos... só me faltava um, um só para que minha felicidade fosse completa: ver a "rejeitada" ser publicada no Brasil.

PRIMEIRA PARTE

Rio de Janeiro, Brasil, 1970

– Escute, meu filho, penso e quero que você vá para a Europa fazer os teus estudos. Não sinto nenhum entusiasmo em você para terminar teus estudos de advogado – disse um dia o senhor juiz ao filho um pouco afeminado. – Além do mais, você tem certos amigos muito esquisitos. Tua mãe está de acordo: vou alugar um apartamento em Paris e você vai terminar teus estudos na *Sorbonne*; então, você voltará para casa.
Se o pai soubesse o que ia acontecer, nunca teria tido tal ideia. Porque isso era só uma desculpa para poder se livrar do filho. Mas o senhor juiz era homófobo como a maioria das pessoas da alta sociedade brasileira: católicas praticantes e hipócritas. Era preocupadíssimo com sua reputação, lógico! Acima de tudo, pertencia à alta burguesia e não poderia aceitar, jamais, ver o filho desmunhecando na Cinelândia. Ai, meu Deus! Que pecado mortal! E o que seria dele quando estivesse mais velho? Seria uma maricona velha e rabugenta? Não! Ele não poderia e não suportaria os cochichos. Ele simplesmente tinha medo de ter um filho bichona; era disso que tinha medo o senhor juiz.
M. D. F. Aliás, Elisa Ou, ainda, a "Rainha de Pigalle". Por favor, o filho, o único filho do juiz do Rio de Janeiro, nascera nessa mesma cidade. E os homens do Rio Janeiro ou são muito bonitos ou totalmente o contrário: são feios, horrivelmente feios! E quando a mestiçagem não pega? Índio + português = tampinha (pequeno, gordinho e de nariz achatado). Quando acontecia o contrário e a mestiçagem

se dava entre índio e negro, puxa! Aí era coisa linda, né?! Oxente!!! Ele era assim: pequeno e troncudo. Sem contar o início de calvície que ganhava o topo de sua cabeça, deixando-o ainda mais feio. Mas, quando se transformava em Elisa, ele se achava a mulher mais linda do mundo!

Era muito diferente do pai, este muito mais raceado, refinado e educado. Seu único defeito era odiar os homossexuais de todo gênero. Não precisava nem ser, apenas parecer já era motivo pra esse traste condenar um réu e triplicar a pena de reclusão quando julgava seu objeto de ódio.

Quando o filho afeminado e mal-amado morava na França ele estava sossegado; tinha salvo a honra da família. Ele entraria no reino divino por ter afastado o mal. Como diz o livrinho mais vendido no mundo: *O perverso sodomita!* "Não sabeis que os injustos não herdarão o reino de Deus? Não vos enganeis: nem os devassos, nem os idólatras, nem os adúlteros, nem os efeminados, nem os sodomitas" (Coríntios, 6:9,10).

Dali pra frente, ele dormiria mais tranquilo. O que ele ignorava era que o filho, desde que chegou a Paris, descobriu – assim como Pedro Álvares Cabral ao aportar no Brasil – a terra dos prazeres. Ele caiu de boca e de saco no maior puteiro universal, naquela época, onde tudo era permitido: a praça Pigalle! Descobriu também o oposto do pai: a marginalidade. E se sentiu tão bem que por nada deste mundo voltaria para a casa dos pais.

***

Palmeira dos Índios, 1957-1962

Seis meses depois de meu nascimento, minha mãe fugiu para morar em Garanhuns, no estado de Pernambuco. Garanhuns era uma cidade pequena, não tinha muita criminalidade, não tinha desempregados, ou quase, mas tinha muito racismo, muita safadeza e a população era, em sua maioria, católica. Também havia muitos pobres, tanto financeira quanto espiritual. E, como a maior parte das pessoas eram pobres, elas engoliam tudo o que o padre dizia. As pessoas bem instruídas há muito tempo não acreditam que Maria, a Virgem Santa, teve Jesus sem a ajudinha de um bom e poderoso espermatozoide. Maria, que minha mãe idolatrava, teve Jesus com um sorriso maravilhoso, com a luz celestre, sem quaisquer contrações vaginais, sem dor, sem ser rasgadinha como toda mulher é.

E foi a 15h00 de Garanhuns, no Santuário de Santa Quitéria de Frexeiras, que aos pés dela eu me ajoelhei, depositei minha foto, rezei e pedi isto para ela:

– Minha toda-poderosa Santa Quitéria, faça com que eu possa um dia, e o mais rápido possível, partir deste lugar! Tenho de ir embora daqui, descobrir o Mundo. Não quero crescer aqui, quero estudar; faça com que um dia eu encontre o amor que nunca tive; faça com que eu possa ter ao menos uma cama de verdade pra dormir e um pedaço de pão pra comer onde quer que eu esteja; cuide da minha mãe, que eu amo tanto; que ela nunca caia doente e que meu padrasto não espanque ela quando eu não estiver mais aqui; cuide também dos meus irmãozinhos e conserve minha alma pura e meu coração sempre cheio de amor para dar a todos os que precisarem... Amém. Enquanto Armstrong põe os pés na lua, eu me ajoelho no altar de Santa Quitéria das Frexeiras. Também deixo dinheiro e pago as velas brancas que depositei aos seus pés. Se tudo se passar como eu lhe peço, onde quer que eu esteja, não importa o tempo que passe, eu voltarei um dia para te agradecer e contar minha história, uma nova história.

Minhas preces deram resultado: eu consegui. Fui pra São Paulo. É verdade, levou tempo, mas eu fui! Ainda pequena. Eu sempre tive, desde a minha primeira infância, certo dom de sentir coisas que muitas pessoas não são capazes de sentir. Pode crer, eu sempre soube que ia ter uma vida fora do comum, muito movimentada...

Para começar, não nasci como todo mundo. Logo que minha mãe deu a luz em casa, sem médico, só com a parteira e minhas irmãs mais velhas, ficou de boca aberta quando me viu. Elas não puderam me definir. Então, concluo que eu era uma "coisa" indeterminada. Aliás, naquele tempo ninguém tinha achado uma palavra pra me etiquetar. E se o código de barras já existisse, teriam me colocado uma a fim de me excomungar e me mandar pro fundo do inferno, como fizeram os alemães com os judeus. Minha mãe me chamou, então, de "a criança". Mesmo que nunca me sentisse diferente, a diferença já estava em mim. Se tivesse tido um bom médico, ele saberia explicar um caso como o meu. Pena que em Garanhuns não havia esse santo homem.

Com um ano e meio de vida comecei a sentir certas coisas estranhas que se passavam ao meu lado. Me lembro de quando minha mãe veio me buscar em Palmeira dos Índios, porque ela tinha pego o trem, uma maria-fumaça, me carregando nos braços. Eu com o rosto pregado no peito direito dela, ela com o olhar vago e triste; eu olhando, sem entender nada, as árvores desfilarem na minha frente. Eu dormi, mas nunca mais essa paisagem saíra da minha cabeça.

Já com 2 anos, por excesso de curiosidade infantil, caí dentro da fossa atrás de casa. Minha mãe – que eu não via sempre nessa época, pois tinha que trabalhar para dar o que comer para nós, suas quatro crianças – não estava em casa e minhas duas irmãs mais velhas estavam na escola. Fafá Bocão cuidava de mim como podia, ela também era uma criança, tinha apenas 4 anos a mais que eu. E, sinceramente, deixar uma criança tomar conta de outra era mesmo falta de raciocínio; tais coisas só acontecem no meu Nordeste amado. E eu já era uma verdadeira traquina.

Enquanto minha irmã arrancava as tripas da única boneca de pano que ela tinha, eu só queria uma coisa: descobrir de onde vinha aquele barulhinho... zzzzzzzzzzzzzzzzzzzzz. Fui embora andando de quatro, com as mãozinhas no chão e me babando como se fosse chupar um pirulito. Parei na boca do buraco negro e fiquei hipnotizada com o que vi. Parecia a Via Láctea. Não havia a menor diferença entre um *camembert* (o queijo mais fedido da Terra!) e aquele poço cheio de larvas amareladas que de vez em quando ressurgiam do buraco negro para respirar. Minha admiração era tão grande que fiquei de boca aberta sem perceber que estava caindo... na merda!!! Puf!!! Com apenas 2 anos eu já estava numa situação bem excrementosa. Quase me afoguei. Minha irmã correu, gritou, chamou os vizinhos e mostrou onde eu estava. Mas o meu destino não era morrer dentro da bosta e devo dizer que renasci com muita sorte.

A criança que eu era observava tudo, procurava compreender o mundo dentro do qual vivia, se embriagava de perfumes corporais, florais, alimentares e animais, se questionando sobre a morte. Quando ia a algum enterro, enquanto todos choravam, eu, por exemplo, mimicava as choronas, pois simplesmente não tinha nenhuma vontade de chorar. Nós, as crianças, deixávamos os adultos com as tristezas deles e íamos ver ossos jogados num buraco um pouco mais afastado, pegávamos umas tíbias e começávamos, com toda a inocência, a imitar os lutadores de espadas. Muitas vezes era o grande Pelé que a gente imitava: pegávamos um crânio e começávamos a jogar bola. Nossas mães ficavam petrificadas quando nos viam; a minha me ensinava boas maneiras, ao modo dela: eu chegava em casa com a boca sangrando e o rosto marcado pelas belas bofetadas que recebia. E pra pagar os pecados, eu tinha de ir me confessar, três vezes por semana, e praticar um tipo de canibalismo: comer a hóstia, tomar o sangue de Jesus Cristo e escutar as patranhadas ridículas que o padre dizia.

– Não é possível, você de novo? O que é que você fez desta vez? Perguntava-me o padre.

– Oxente, não fiz nada! Respondia eu, com um ar infantil. Nada que eu ache pecado. Olha, ninguém nunca me disse antes que a gente não podia jogar bola com aquelas cabeças ocas; aquilo são ossos vazios e ninguém nem se preocupa com eles. Então, por que devo ter uma punição, hein?

– Eu não quero saber, você vai ter de varrer toda a igreja e vir, depois, me ajudar na preparação das hóstias! E vá rezar sete avemarias e três pai-nossos.

Eu ia – resmungado, claro.

– É, né, eu dou uma jogadinha com osso de cabeça vazia e apanho da mãe, tenho de ficar de joelhos rezando não sei o que, pra não sei quem; ele, essa coisa feia, esse saco de banha fedorenta, ninguém pune quando tira o pinto fedido do calção e coloca nas nossas mãos e no meio das nossas coxas, deixando os seus espermatozoides escorrerem até os nossos joelhos.

– Você não deve contar nada pra tua mãe, porque é assim que paga melhor teus pecados – ele dizia.

Quando eu podia, me vingava. Isso acontecia na festa da santa Virgem Maria; enquanto ele lia as escrituras do tempo antigo, eu, que já não acreditava mesmo, subia lá e metia a mão no sino, fazendo tal ostentação que até os mortos acordavam.

Devo ter sangue de vampiro e canibal: fazia de tudo para chamar a atenção a fim de receber uma punição para poder beber o sangue do Cristo, o qual achava muito bonito, delicioso até, e comer seu corpo, que se desmanchava no céu da minha boca inocente. Também dizia a mim mesma que pra ser "perdoada" eu tinha, logicamente, que pecar. Sem pecados não há punições.

E pra isso eu contava muito com a ajuda de uma das minhas irmãs "Fafá Boca de Albacora". Quando nossa madrinha freira chegava em casa pra visitar minha mãe, agente provocava o papagaio e ele começava a dizer palavrões que nós esperávamos que ele repetisse.

– Rooooo, bom dia rapariga de Jesus! Lavou a periquita hoje, lavou? – dizia o louro sem vergonha.

Ela desmaiava e a gente caía na gargalhada... Minha mãe chegava! Vendo madrinha Joaninha no chão, ela passava álcool no nariz dela, que acordava e contava o que tinha escutado. Minha mãe chamava a gente e mandava o fio de ferro nas nossas costas. O sangue corria; pra sarar, ela passava sal em cima...

Mas nós só agíamos assim pra se vingar dela, da madrinha, lógico: essa cachorra fazia a gente sofrer o martírio. Minha mãe ainda trabalhava num certo lugar, à noite, antes de ir morar com meu padrasto. Era na casa da esposa de Jesus que nós ficávamos. E todos os dias, fizesse chuva ou sol, a gente tinha de se levantar às cinco horas da manhã e segui-la pra frente do altar que ela tinha em casa; eu dormindo, sem saber por que, muitas vezes a barriga berrando de fome, mas tinha de ir rezar, pagar os pecados... eu que não tinha cometido nada. Era minha mãe que trabalhava como garçonete dentro de um cabaré pra nos dar o que comer, e a safada fazia nós, criancinhas, pedirmos perdão pelos pecados dos outros. Ora, isso ela nunca disse a minha pobre mãe, a hipócrita!

Minha pequenina infância, entre 2 e 7 anos, não passava de um jogo onde tudo me distraía. Salvo o horrível dia 7 de setembro. Em Garanhuns, nesse dia todas as escolas desfilavam na avenida Santo Antônio, em frente à Prefeitura e à Catedral. Nós, crianças, éramos felizes e vestíamos o uniforme da escola com muito orgulho. Nós nos sentíamos honrados, orgulhosos, de cabeça erguida, peito estufados como os militares no dia do desfile. Tudo devia estar perfeito! O emblema da escola pregado na camisa, os sapatos novos e brilhantes; apertando no peito a bandeira brasileira, orgulho de toda uma nação, nós desfilávamos sob os olhos lacrimejantes de nossas mães!

Mas, antes de tudo, precisávamos encher nossas panças, e era por isso que mamãe mandava eu e minha irmã Xica à padaria para comprar pães e bolachas de maizena. O cuscuz já estava pronto, o café também; era dia de sorte, ela nos preparou um munguzá que só ela sabia fazer.

– Oxe, vocês ainda não foram?! Olha aqui, vocês vão se atrasar pro desfile, hein!

A gente saiu correndo enquanto mamãe ficou dando as últimas recomendações.

– Façam os passos com atenção ! Sigam a cadência! Não quero ver ninguém fora do ritmo, entenderam?

– Entendemos, mãe, a gente faz direito – respondíamos Xica, uma das minhas irmãs, e eu.

Pra chegar à padaria temos de atravessar, saindo da rua Djalma Dutra até a rua São Francisco, um matagal onde sempre vêm se instalar os circos. Quando estes iam embora, o mato crescia, os arbustos se espalhavam, tomando posse dos espaços vazios de novo, e o caminho ficava estreito e sombrio. Era melhor pensar duas vezes antes de entrar no mato. Como em Garanhuns, nessa época, está sempre neblinoso, só dá pra ver um metro adiante.

Nós corremos, felizes, repetindo as letras do Hino Nacional. Nunca estivemos tão bem trajados: sapatos novos, roupa bem lavada, engomada e passada, tudo impecável. Eu estava feliz porque ia mudar de classe. Os professores disseram pra minha mãe que eu já tinha ultrapassado minhas três irmãs em leitura e escrita.

– Você já sabe ler? Tinha me perguntado dona Maria, minha querida Mãe.

– Já sim, mãe, eu adoro ler! E quando crescer vou escrever livros! – dizia eu, eufórica, com as bochechas vermelhas e quentes... e esquentava mais ainda quando minha mãe me dava uma boa bofetada dizendo que escrever livros não era o melhor negócio do mundo...

Xica já estava uns dois metros na minha frente quando à minha direita, assim que o caminho se estreitou, um objeto de cor vermelha atiçou a curiosidade da minha pupila direita. Eu parei, recuei, baixei a cabeça e espiei entre os arbustos. O que vi me deu calafrios e uma grande vontade de vomitar. Já sabendo distinguir o ser humano do animal, caí no chão, de joellos implorando aos céus para que o que estava na minha frente fosse pura ilusão, um pesadelo, aquilo só se via no açougue ou era praticado em animais, não em pessoas. Um homem não poderia, não teria coragem pra tanta malvadeza; era muita brutalidade e violência encarnadas num homem só. Xica continuava na frente, andando rápido, e provavelmente já não lembrava mais de mim quando eu gritei:

– Não!!!

Não era um grito de medo, mas sim, de uma raiva extrema que surgira do fundo das minhas vísceras. Eu, criancinha, eu, que não estava preparada pra essa cena horrorífica, descobria naquele momento o monstro que se escondia dentro de um homem e a sede de justiça que brotava em mim.

A REJEITADA

O que à primeira vista pensei serem apenas sandálias vermelhas eram, na verdade, escarpins brancos, mas maculados de sangue em fase de coagulação.

Passado o choque, meus olhos seguiram as pernas, depois duas coxas abertas, escancaradas, esfaqueadas, tranformadas em um vulgar tecido de renda, e pararam no meio de uma moita entre a qual não se podia diferenciar o canal vaginal das marcas das facadas recebidas. Um resto de sêmen, espalhado aqui e ali, servia de alimento às formigas aglutinadas em cima das carnes abertas e ensanguentadas.

Meus olhos deixaram a região pubiana e subiram; passaram, em seguida, pelo umbigo; mudaram de direção – alguns cortes profundos faziam-me pensar que ela ainda estavam quente e que o sangue tinha apenas parado de correr – e chegaram aos seios: um havia sido cortado e jogado à esquerda do corpo. Então, meus olhos se apressaram para tentar descobrir a fisionomia do corpo absorto numa eterna inércia.

Com o fim da surpresa inicial, abri a garganta, deixando meus pulmões liberarem todo o meu pranto, toda a minha raiva infantil, que não compreendia o por que da cena. Atrás de mim, minha irmã tentou tapar meus olhos, tentou me impedir de ver o que meus olhos não deveriam ter visto. Mas já era tarde demais; ela me cerrou nos seus braços, tentou me acalmar, mas eu continuei a gritar:

– Xica, ela está morta, não é?

Saí dos braços da Xica e voltei para casa gritando em todas as ruas que tinha uma mulher morta a facadas... Portas se abriam, pessoas saíam, nos dois lados da rua Djalma Dutra todo mundo corria para onde eu estava, e, em pouco tempo, uma multidão se formou em volta do cadáver. Estudantes revoltados com a cena gritavam, mães de família berravam e certos homens baixavam a cabeça.

Antes mesmo que o jipe verde-cáqui dos militares chegasse, todos já sabiam quem era o assassino, e as línguas afiadas começaram a se soltar: tinha sido o pedreiro português que estava trabalhando na escola primária perto da rua Agostinho Branco. Desde que ele tinha chegado na escola, mais ou menos seis meses atrás, ele a via passar todos os dias, antes de ir pro "trabalho" dela... Todos os dias ele a olhava com aqueles olhos cobiçosos e cheios de ternura. Ele a cantou um dia, na frente da mãe dela, pediu-a em casamento. Ela respondeu que, mesmo vendendo seu corpo para outros homens, não estava em agonia de morte para aceitar se casar com ele: não sentia nada por ele. Sua mãe deu-lhe um sermão, não compreendia porque ela se recusava a sair daquela vida que levava. Ela respondeu para sua mãe que a vida era dela e que fazia o que bem entendia.

– Mas você, minha filha, poderia viver honestamente, ter outra vida, andar de cabeça erguida sem ter de nunca mais escutar a vizinhança fazer comentários. Aceite esse casamento, filha.

– Mãe, mesmo que esse indivíduo fosse o último homem no mundo, mesmo se eu fosse morrer virgem, eu preferia a morte, respondeu ela, com uma voz religiosamente calma.

No dia 6 de setembro o ar estava calmo e respirável; a noite estava chegando. O pedreiro tinha terminado uma parte do trabalho quando a viu, através da janela, passar: saia justa, sandália de salto alto, branca, combinando com a blusa; ela estava muito mais linda que nos outros dias. Parecia que ia se casar... mas, com quem? Talvez com a morte. Ele abriu a janela, com as narinas entreabertas, respirou o resto de perfume que ela deixara no ar. em seguida abriu a porta, correu atrás dela, pegou-lhe pelo braço com delicadeza, colou seu corpo ao dela e lhe sussurrou na orelha:

– Você será minha, de um jeito ou de outro, sua rapariga sem-vergonha! Não quer sair mesmo dessa vida, não é? Você gosta de sair com outros homens, senão, você aceitaria se casar comigo – disse ele com um tom ameaçador, jogando na cara dela um bafo de vômito amanhecido.

Ela se soltou das suas mãozonas, mediu-o, olhou-o nos olhos, aproximou-se de sua boca entreaberta, mas, ao invés de beijá-lo, como ele imaginava, deu-lhe uma boa escarrada!

– Isto é pelo abuso de ter me agarrado na rua! Já te disse e repito: nunca serei tua! Todavia, engula meu escarro, esta será a única maneira de ter alguma coisa vindo de mim, seu pedreirozinho estúpido – disse ela, virando-lhe as costas.

Ele não cuspiu, sequer reagiu; ficou olhando o vulto elegante e desejável se afastar e passou a pensar na existência sem ela... Diziam que ela se prostituía perto do cinema Eldorado, lá onde existia o clube de futebol. Depois que o filme terminava, só ficava aberto um boutequinho no qual se atardavam certos homens à procura de aventuras passageiras. O senhor pedreiro, frustrado sexualmente, foi lá, bebeu uma bela garrafa de cachaça e, o sangue esquentando, foi matar o tempo sentado no parque de eucaliptos onde era o antigo casarão. Refletiu muito. Quando ele viu que já tinha passado bastante tempo, deixou o parque e desceu à rua Oliveira Lima. Quando chegou perto da escola Silvia Calado, pegou o pequeno caminho pelo qual sabia que ela ia passar. Entrou na moita, sentou-se e esperou. Quando ela voltou pra casa, cansada, pois tinha passado horas em pé esperando os clientes, ele, feito uma onça feroz, deu o bote em cima dela, não lhe dando qualquer chance de se defender. Ela caiu. Ele a arrastou mais para dentro do matagal. Ela tentou gritar, mas ele colocou uma mão na sua boca:

– Se você gritar, vai ser pior! Acho melhor você não resistir, sua rapariga safada! Nunca mais você vai cuspir na boca de nenhum homem!

Ela tentou debater-se; ele não lhe deu nem tempo de se defender. Colocou a faca na barriga dela e suplicou uma vez mais pelo seu amor:

– Diga que você será minha e eu paro.

Tirou a mão da boca dela, e ela respondeu:

– Me mata, sou puta, mas tenho orgulho do que sou, e só serei tua depois de morta.

Ele enfiou a faca embaixo do coração dela, que gritou; ele abafou o grito com um beijo mortal. Quando ela parou de gritar, ele continuou a esfaqueá-la. Em seguida, tirou sua roupa e a possuiu sexualmente. O corpo ainda estava quente, o sangue ainda esguichava, mas isso não o incomodava; cada movimento era acompanhado por uma facada. A noite estava clara, a lua cheia brilhava e através do brilho da lua ele admirava a beleza da sua presa. Ela já não resistia, mas, em sua loucura assassina, ele continuava sua obra macabra.

Quando o dia começou a clarear, ele voltou pra casa, colocou a faca na mesa, trocou de roupa e começou, na pia da cozinha, a lavar suas roupas maculadas do sangue da única mulher que ele amou.

Quando a polícia militar chegou, ele não se espantou, não resistiu. Os policiais pegaram a faca, as roupas sujas e o empurraram pra dentro do jipe. Voltaram para onde estava o cadáver, desceram do carro com o assassino e mostraram a mulher toda esburacada, um peito cortado do lado do braço direito e disseram:

– Tá vendo o que você fez? Olha bem pra ela, seu cafajeste, monstro!!!

Levaram-no de volta para o jipe. Algemado, cabisbaixo, não demonstrava nenhum sentimento. Parecia que nada daquilo tinha algo a ver com ele. Na frente de toda essa tranquilidade, eu tive um acesso de ódio e, pegando a primeira pedra que estava perto dos meus pés, joguei na cara dele. A pedra passou a um milímetro da cabeça dele. Ele levantou a cabeça e encarou a multidão com um ar sarcástico. Não demorou muito para que os estudantes começassem a apedrejá-lo. Os policiais tiveram de ir embora o mais rápido possível, porque eles também iam levar pedradas. Nunca mais escutei falar desse crime em Garanhuns, mas, eu, eu nunca pude esquecê-lo.

Garanhuns foi o teatro da minha maravilhosa e desesperada infância.

* * *

Há coisas que marcam à gente pra sempre, como se fôssemos um animal marcado a ferro-quente. Eu trago essa marca no fundo do coração. Meu pranto só eu mesma consigo entender; muitas vezes tento abafá-lo no meio da noite.

Na verdade, não lembro quantos anos eu tinha quando esse casal veio morar na esquina da rua Frei Caneca com a rua Djalma Dutra. Nós morávamos entre a rua Frei Caneca e a rua Oliveira Lima. Bem em frente.

A REJEITADA

Ela era loira, alta, bonita e elegante. Dava aulas de alemão. Ele era alto, simpático e tinha a aparência de um verdadeiro pai de família. Cor bem bronzeada. De origem turca. Podemos dizer que era um homem bonito, por fora. Enquanto ela ia dar as aulas dela, ele ficava tomando conta da mercearia e da filhinha deles; ela só tinha 9 meses. Eu tinha entre 5 e 6 anos, não me lembro bem dessa fase. Entretanto, certas imagens nunca saem da minha memória.

Quando minhas irmãs estavam na escola, pela manhã, minha mãe me mandava comprar certas coisas que faltavam em casa: manteiga, açúcar, café etc. No começo, tudo me parecia normal: o balcão muito alto, o gigante lá em cima perguntando o que eu queria, eu pulando pra dar o dinheiro pra ele, ele se abaixando pra me dar pirulito. Eu chupava muito pirulito! Gostava muito de pirulito, oxente! E, pouco a pouco, ele passou a me dizer para ir buscar o pirulito do outro lado do balcão. Eu ia, pegava o pirulito, colocava na boca e começava a chupar. Ele ficava me olhando. E eu ficava esperando ele me dar as compras. Mesmo mamãe sempre nos dizendo pra nunca aceitarmos nada de "estrangeiros", eu aceitava os pirulitos porque ele era nosso vizinho.

Tudo começou com os pirulitos: ele me mandava entrar por baixo da porta do balcão e, quando eu estava do outro lado, ele saía, fechava a porta da mercearia e me levava para o outro cômodo, onde dormia a filhinha. Primeiro ele brincava com ela; tirava a fralda, me mostrava o púbis da pequenina e pedia pra eu fazer a mesma coisa. Em seguida, acariciava-o e depois vinha "brincar" comigo. Baixava minha calcinha, me suspendia pelos braços e me colocava em pé no tamborete, com o sexo entre minhas coxas.

Ele fez isso três vezes. Depois, ele se sentava perto da criança, me colocava nos seus joelhos, tirava o sexo e o colocava na minha mão. Ele dizia que aquilo era como o pirulito que ele me dava. Eu não deveria contar nada pra mamãe, só eu poderia saber disso. A primeira vez eu saí correndo. Ele ficou com medo, eu acho, porque me deu as compras, alguns chicletes, abriu a porta de trás e me dei-

xou sair. Eu atravessei a rua correndo, cheguei em casa com o rosto todo vermelho, achando que alguma coisa não estava certa.
– Trouxe a manteiga? Perguntou minha mãe.
– Trouxe sim, respondi, quase sem fôlego. Eu detestava fazer compras na casa dele. Eu não gostava do cheiro do armazém, nem o do pinto dele: tinha uma mistura que não era nada fina, queijo azedo com "charque". Até hoje não aprecio certos queijos...

O problema foi quando minha mãe pediu pra eu voltar à casa dos gringos: eu inventava qualquer coisa, mas não queria ir de jeito nenhum!!! Minha mãe me batia, dizia que eu estava começando a desobedecê-la. Nunca poderia ter dito a verdade: tenho certeza de que mamãe teria estripado-o. E até sangrado a loira!

Não me lembro por que, mas eles desapareceram de circulação tão rápido como chegaram. No meu Nordeste brasileiro, certas coisas não eram e nunca serão admitidas: o jovem ainda respeita os mais velhos; são certos velhos que não respeitam os mais jovens.

Infelizmente, também se mata por nada; por nada ou por um sentimento incomensurável de honra e orgulho ferido. Foi assim que eu vi, simplesmente por causa da expressão "moleque de rua", um pai de família abrir a barriga de outro e tirar as tripas dele pra fora na frente das duas famílias completamente tomadas de horror. Tal expressão não justificava tamanha carnagem.

Ah! Que época boa! Como a gente diz aqui na França, "*la belle époque*".

Nós, as crianças, só fazíamos besteira. Éramos livres, nós, as crianças de Garanhuns, a Veneza brasileira. Não éramos como os "moleques de rua" de São Paulo nem do Rio de Janeiro, que dormem debaixo de pontes, se drogam e se prostituem – por eles ninguém se preocupa.

Os poucos turistas que estavam de passagem em nossa Genebra pernambucana adoravam comprar meus sorvetes só pra escutar minhas histórias. Em algumas delas a heroína era minha mãe: fugira de casa com apenas 12 anos para não ter de casar com um homem que não amava. Por causa dessa afronta, aceitou fugir pra longe de Brejo Santo, município do Ceará, e chegou a Santana do Ipanema, pequena cidade de Alagoas, a 168 km de Maceió. Hoje é tão fácil sair de Brejo Santo para Santana do Ipanema, né? Mas se a gente se colocar no contexto da época, era longe pacas! São mais de 400 km. Não tinha nem ônibus. Minha mãe tinha me contado que foi de jumento, na garupa do cara que ela amava... Pedófilo! Ele fez uma filha nela e foi embora, deixando as duas sozinhas. Sem ter o que comer, sem saber onde dormir. Foi lá que ela encontrou outro pedófilo que fez mais uma filha e um filho nela. Enquanto isso, os três irmãos a procuravam para matar. Quando descobriram que ela estava em Santana do Ipanema, vieram tentar dar um fim à vida daquela que sujou o nome da família. Ela, esperta como era, fugiu de novo, para Palmeira dos Índios, e se escondeu no Cabaré de Janinha. Virou garçonete de políticos e devia beber umas e outras para suportar a triste vida que levava. Encontrou um homem com quem pensou em fazer sua vida: infelizmente, quando engravidou de novo, ele a deixou. Minha mãe estava com três filhas para criar, pois Gregório, o menino, para o próprio bem dele, morrera. Minha heroína nunca deixou as filhas de lado; tudo o que fazia era para o bem delas. Socorro, Francisca, Fátima e Sônia que morreu logo. Cada uma tinha um pai diferente. Depois vim eu e meu único irmão por parte de pai: Carlos...

E de história em história eu contava também a de Virgulino Lampião, e todos os turistas ficavam de boca aberta. Eu juntava a da minha irmã mais velha, que caiu apaixonada pelo arrancador de dente de Garanhuns, que tinha 25 anos mais do que ela aos 14 anos.

Aliás, foi indo visitar o dentista em companhia da minha mãe que eu coloquei meus pés numa delegacia pela primeira vez.

O senhor Manuel P. D. Silva era um homem sem história. Casou-se muito jovem e até hoje não sei como aprendeu a arrancar dentes. Só sei que é praticando que se aprende melhor e ele se tornou um ótimo dentista. Montou o consultório perto da zona do "baixo meretrício", na rua São Francisco, e acabou sendo o salvador de todas as "quengas" e dos pobres nos arredores.

– Você não tem com que pagar? Não tem problema, você pagará da próxima vez – dizia o senhor Manuel quando arrancava um dente de um paciente. Ele tinha 38 anos, uma mulher feia, estúpida e que há muito tempo já não gostava de práticas sexuais, depois de ter-lhe dado três filhos. Uma das casas mais bonitas de Garanhuns era a dele, diziam. Tinha mandado construí-la para a esposa e os filhos que iam nascer. Muita gente tinha inveja dele. Tinha tudo o Manuel... Portanto, ele era a pessoa mais infeliz do mundo.

Um dia, o destino quis mudar sua triste existência e, numa tarde ensolarada, enquanto tentava desesperadamente arrancar o dente do siso de uma senhora que sofria feito uma condenada, um moleque veio tocar a campainha e lhe disse que uma mulher chamada Beija-Flor estava sofrendo muito com dor de dente no cabaré. Manuel terminou o trabalho com a senhora e foi para lá.

O doutor Manuel dentista, mesmo tendo uma leve disfunção no lado direito do queixo – quando falava, a gente tinha a impressão de que a boca dele ia pro lado direito –, era um homem charmoso. Talvez o cruzamento dele tenha sido entre índio e espanhol. Alto, cabelos pretos e abundantes, além de uma composição física interessante.

Antes de sair do consultório, ele telefonou pra esposa e disse que ia chegar um pouco mais tarde. Muito honesto, disse-lhe também que ia ao cabaré socorrer uma pessoa. Conhecendo a esposa, preferiu não pronunciar o nome que ela não gostaria de escutar: uma puta!

– Tu imaginas, é um pecado tratar uma prostituta! – teria dito ela, mais uma vez.

Ela gritou e disse que um dia acabaria por largá-lo se ele continuasse a ir ao cabaré pra se ocupar das mulheres de vida "fácil".

Ele ajuntou também suas ferramentas de torturas na pasta e foi pra rua da "perdição", como diziam os padres hipócritas de Garanhuns. Conhecia muito bem o lugar. Só tinha de perguntar onde estava o quarto de Maria Beija-Flor.

A REJEITADA

O cabaré de Janinha, do lado de fora, parecia uma casa normal. Só que para meus olhos infantis e meu coração cheio de catolicidade, aquilo parecia o próprio Inferno. Quando a porta estava aberta, muitas vezes eu via um longo corredor, com quartos de ambos os lados, em uma escuridão inquietante.

Depois de atravessar o corredor longo e obscuro, Manuel bateu na porta do quarto de Beija-Flor. Uma voz doce, clara como um copo de cristal e quente como uma noite amazônica, disse-lhe suspirando:

– Entre, senhor.

Dizem que quando ele escutou essa voz seu corpo inteiro estremeceu! Até os pelos dos braços ficaram eriçados, os das pernas também, e um desejo incontrolável veio endurecer-lhe a coluna vertebral. Suspirou, limpou uma gota de suor que lhe caía da testa, colocou a pasta no chão e pediu à senhorita que abrisse a boca. Ele sequer tinha visto o rosto dela. Ela estava de costas. Quando ela mostrou o rosto, ele ficou paralisado: como uma criatura de tamanha beleza poderia estar em tal lugar? Ela parecia um anjo! Um olhar límpido, sem malícia, uma boca natural, carnuda e avermelhada, que parecia convidá-lo para um beijo longo e ardente. Uns ombros delicados, um pescoço fino e elegante como o de uma girafa africana. Dela vinha um perfume envolvente, uma mistura de coco e baunilha; tudo nela era um apelo ao adultério, à traição amorosa. Qualquer um seria capaz de qualquer coisa por aquela mulher: até abnegar Deus e pactuar com o diabo para possuí-la por uma única noite. Manuel acabara de compreender que nunca tinha se apaixonado antes e que essa mulher satânica e angelical não sairia nunca mais de sua mente.

Alguns dias depois, alguém veio bater na porta do consultório do dentista, que respondeu de, maneira habitual, "entre" – sem saber quem era. Só que, ao escutar a voz, seus pelos se eriçaram de novo, e ele deixou cair no chão a dentadura da velhinha que estava tratando. Ele se abaixou para pegá-la e o que ainda não tinha visto o deixou desesperado. Ó, Senhor! Ela usava um vestido muito colado ao corpo, um vestido transparente! Via-se todo o corpo dela. Curvas suntuosas! O decote dava vertigem e o calor da pele deixou as papilas dela em efervescência.

Ele jurou que ela seria mulher dele...

Três meses depois, Manuel tinha alugado uma soberba casa perto do cinema Vanessa, na rua Quinze de Novembro, junto ao colégio Diocesano, bem na esquina. Naquela época, depois do cinema havia a casa e o mato. Encheu-a de tudo o que era novo, moderno e bonito. Pra ela, deu casaco de pele, roupas importadas e de marca. Dinheiro não lhe faltava. Sempre que viajava, Manuel deixava o necessário e o desnecessário. A esposa estava pouco ligando; contanto que não deixasse faltar nada em casa, ele tinha direito a uma vida sexual com outras. A poligamia não existe só em país muçulmano.

Beija-Flor, no início, era uma mulher exemplar. Atenciosa, carinhosa, se ocupava até da roupa que ele deixava na casa. Ela fazia o que toda mulher faz no começo de uma relação amorosa. Digamos que, como toda "perua" que se respeita, ela gostava do luxo e vivia de aparência.

Já fazia um ano e meio que eles viviam juntos e Manuel continuava a fazer o que fazia no início: todas as quartas-feiras de madrugada, ele se mandava pra caatinga para tratar os dentes dos roceiros e companhia. Recebia um peru, uma galinha, feijão-verde, saco de farinha de mandioca, leite fresco, laranjas, bananas, jabuticaba, e pedaços enormes de carne. Manuel fazia as compras da família em troca de tratamentos dentários. Com tanto trabalho, já não tinha tempo de ver colegas, amigos e nem de escutar os mexericos da vizinhança.

Exceto no dia em que, voltando do consultório com muita sede e não querendo esperar até chegar em casa, entrou num bar da rua do meretrício. Pediu um refrigerante, passou o lenço imaculado na testa, que escorria de suor, e deu uma bela engolida sem se incomodar com o barulho que fazia a goela. Nem percebeu que ao lado dele estava um velho amigo que passava a vida nos bares, tendo como único emprego comentar a vida alheia.

– Boa tarde, senhor dentista, como vai o senhor?

– Oh, meu caro amigo – respondeu Manuel, num tom um tanto sarcástico.
– É, né, Mané, depois que se amigou com a outra você já não se lembra dos velhos amigos. Vida nova, casa nova, oxente! Olha, quando passar debaixo das portas, faz atenção tá? Talvez vai ter problemas, meu caro amigo!
– O amigo quer dizer o que com isso?
– Nada, Mané, é que as pessoas dizem que... olha, sempre fui teu amigo, só quero o teu bem. E, no teu lugar, eu não deixaria tua flor tão sozinha assim, isso é tudo, meu amigo. Olha, vamos deixar esta conversa de lado, não quero preocupar meu velho amigo, que já não vejo mais, com histórias de cornudo!

Manuel pagou-lhe uma bela dose de cachaça. O outro engoliu. Manuel pagou-lhe outra, ele mandou goela abaixo e começou a lhe dizer o que os outros contavam pela ruas.

Ela ia ao cinema com o amante todas as quartas-feiras, ia jantar com ele etc. etc., e depois ele levava a Beija-Flor a um motel na estrada de São João e só estavam de volta lá pra meia noite. E ele, o macho com quem Beija-Flor o chifrava, era alto, bonito, elegante e de aspecto atlético.

Na cabeça do senhor dentista latejavam as palavras "chifre", "cornudo", "marido traído" (não era nem casado com ela!) e "amante" – teve início um "zumbido" dos diabos! Foi como se tivesse ocorrido um curto circuito e os neurônios do Manuel não conseguissem funcionar direito.

Manuel deixou o bar lívido. O rosto estava banhado de suor, o coração palpitava, a boca estava seca, as mandíbulas estavam cerradas, os punhos estavam apertados e o gosto amargo do ódio suscitava um desejo inexplicável de vingança.

Em quem acreditar? Como poderia se deitar novamente com a mulher que amava, que ele havia tirado da prostituição, a quem dera amor, respeito e um lar, um doce lar! Que mulher era ela? Talvez fosse ele o culpado: como, sem ter tido tempo suficiente para conhecê-la, pôde abandonar a esposa e os filhos por uma mulher que não valia a pena?!

Tinha de achar uma solução: acreditar cegamente e deixá-la ou fingir que tudo ia bem e continuar com ela? Estava perdido. Escolheu a segunda opção e aguardou a quarta-feira seguinte.

Chegou em casa, tomou banho, disse que estava com dor de cabeça, pois havia trabalhado muito, e foi pra cama. Tentou dormir; não conseguindo, foi fumar um cigarro na janela da sala e começou a pensar numa vida sem Beija-Flor.

A quarta-feira chegou. Manuel preparou a pasta, beijou Beija-Flor, religiosa e apaixonadamente, e lhe disse:

– Só estarei de volta em três dias, meu amor.

Ela retribuiu o beijo com um sorriso de incontestável pureza...

Ele se dirigiu ao carro e, antes de entrar, fez um sinal com a mão mandando-lhe mais um beijo. Viajou. Visitou os clientes e fez como de costume: arrancou, tratou, obturou. Preferiu que pagassem à vista, explicando que não ia voltar tão cedo, pois tinha outros pacientes a tratar.

Por volta das 22 horas já estava de volta. Comeu numa lanchonete na avenida Santo Antônio, tomou um refrigerante, voltou para o carro e estacionou-o na rua Ferreira de Azevedo. Esperou.

Lá pelas 23h30 começou a trovoar e caíram algumas gotas de chuva. Ele abriu a janela do carro, estendeu a mão e sentiu o frio da garoa. A noite estava escura, a lua, escondida pelas nuvens, não brilhava como de costume e parecia se esconder para chorar.

A chuva engrossou, as finas gotas se transformaram em grossas pepitas arredondadas e vieram se jogar nos vidros do carro de Manuel. Ele ficou impassível, com os olhos fixados na direção de sua casa, espiando e pronto pra dar o golpe na hora certa.

Ele esperaria o tempo que fosse necessário, mas queria tirar a dúvida de que sua mulher, a mulher da sua vida, por quem seu coração batia fortemente, teria a audácia de se abandonar nos braços de outro homem.

Através da chuva, Manuel viu um Cadillac preto parar em frente ao cinema Vanessa. Ele colocou as mãos nos bolsos do casaco, tremendo, não de frio, mas, provavelmente, de ânsia. O Cadillac continuava com o motor ligado, silencioso, sob a chuva, que engrossara ainda mais. Ele desceu, deu a volta e abriu a porta do carro, pegou-lhe a mão e a ajudou a deixar o assento. Cerrou-a contra si, unindo suas bocas num eterno beijo de despedida. Foi embora. Ela lhe fez um adeus. Quando ela colocou o pé direito no primeiro degrau, Manuel apareceu, tirou a mão direita do bolso, com a mão esquerda enxugou as lágrimas misturadas à chuva e disse:
– Flor, por quê?
Pega de surpresa, ela só teve tempo de responder:
– Oh, Manuel, meu querido, o que está fazendo aqui?
Ele já não a escutava mais. Tirou o revólver do bolso, apontou, engatilhou e atirou. Como estava tremendo, a bala atingiu a clavícula, Beija-Flor caiu na beira da calçada, um braço dentro da água que corria pra o mar, outro no ventre, os olhos implorando o perdão de um deus qualquer; que nunca veio.
– Manuel, pelo amor de Deus, não me mate.
Manuel já não estava mais lá; eram o ódio, a raiva, o nojo e o desejo de vingança que haviam tomado conta de seu cérebro.
– Mané, meu amor, piedade! Eu estou grávida!
Manuel apontou o revólver para o ventre dela e atirou.
– Nunca mais, Flor, nunca mais você vai cornear um homem! Morra, sua ordinária! Você não merece viver para desonrar outros homens! Depois, atirou na cabeça dela, descarregando todas as balas assassinas.
Pobre Beija-Flor; talvez por ganância sexual, ou outro motivo qualquer, teve um triste fim: morreu na calçada, esvaziando-se de seu sangue como uma cadela sem dono.
Manuel olhou-a pela última vez e entrou no carro, fugindo no meio da noite, deixando esposa, filhos, família, o cadáver de Beija-Flor e o feto – quem sabe não era seu próprio filho?

No dia seguinte, todo mundo só falava de Manuel, antes o gentil dentista dos pobres, agora o monstro que matara sua amante num acesso de ódio e ciúme.

Mamãe não disse nada. Ela não julgava ninguém, dizia que só Deus tem o direito de julgar e condenar nossos atos. Pensamento desnudado de raciocínio. Se eu tivesse chegado em casa contando pra ela que o turco, o marido da inteligente loirona professora de alemão, colocava o dedo nas virilhas da filhinha e terminava sua monstruosidade nas minhas pernas, tenho certeza de que ela teria cortado o pênis e tinha dado pro gato comer!

Mamãe não sabia ler nem escrever, entretanto, era uma mulher inteligente. Poderia debater qualquer assunto: política, psicologia, religião... Ela passava seu tempo a escutar a rádio de Garanhuns e outras. rádios do mundo, como ela tinha costume de dizer. Nunca tivemos aparelho de televisão. Meu padrasto lia os jornais, enquanto minha Santa Mãe colava a orelha no posto de rádio. Novelas, jogos, missas, notícias sobre a cidade e suas redondezas, rural e municipal, ela sabia tudo e tinha resposta pra tudo. Nunca lhe faltou uma palavra para desenvolver o que queria dizer.

Aliás, minha mãe só fazia isso: escutar a rádio, falar com as vizinhas, engendrar filhos, e nos dar ordem para realizar o que ela já não efetuava havia muito tempo. Também fazia parte da sua vida brigar com meu padrasto – ela sempre achava que ele hum... fora – e nos espancar. Ela era uma bomba, minha mãe, de esbelteza e elegância. Também não precisava fazer esporte, gastava muita energia quando pegava um de nós pra comer na pancada!

Manuel foi pego um ano e meio mais tarde, na grande São Paulo. A 2.510 km de Garanhuns. Estava afamado, dizia a mídia local, por que os policiais não quiseram dar-lhe comida.

Mamãe foi lá na delegacia levar comida pra Mané, minha irmã de 14 anos e eu fomos junto com ela, porque a família dele não queria nem saber se ele estava vivo ou não!

O dentista chorou quando viu Maria Bonita, minha Mãe; era assim que as pessoas chamavam ela. Ele chorava porque amaldiçoava o assassino que um dia se manifestou no homem calmo que ele era. Mãe chorava o homem que ia ser julgado e condenado. Eu, eu chorava porque via minha mãe chorar. Minha irmã olhava ele como que hipnotizada.

Manuel foi julgado e condenado a um ano e meio de cadeia. A Justiça dos homens lhe concedeu "circunstâncias atenuantes".

Um homem assassina uma pobre mulher por ter cedido às cantadas assediadoras de outro macho e a infame Justiça, composta por outros homens, lhe dá razão.

Minha irmã cresceu, virou mulher. Já tinha, com certeza, conhecido o que eram "carinhos" com o sexo oposto. Tinha 14 anos quando a gente foi visitar o assassino de Beija-Flor.

Por razões estritamente respeitosas à família, não darei detalhes para não chocar seus filhos.

Eles se encontraram, se atraíram e ele veio com ela perto da minha casa: morávamos na rua Frei Caneca, depois da rua Dom Paiva Maia.

Anunciou à minha mãe que iam morar juntos. Sem se casar, pois ele ainda era casado. Maria Bonita lhe explicou:

– Você conhece o passado dele, minha filha, você conhece o Mané desde que era pequena. Se você chifrar o Manuel, já sabe o que pode acontecer, não sabe?

Minha irmã disse que sim. Depois ela virou pro Manuel e disse-lhe:

– Olhe aqui, Mané, se você tocar num só fio de cabelo da minha filha, eu transformo você em sarapatel e te dou de comida pros cachorros vagabundos, escutou?

– Te prometo, Maria, minha única amiga, que nunca tocarei nela.

Nessa época, começaram os problemas em casa: o padrasto já não assumia as despesas e muitas vezes nós passávamos fome. Eles brigavam, se atracavam, minha mãe colocava ele na rua. Ele passava um mês sem colocar os pés em casa.

A verdadeira briga que eu assisti foi quando inauguraram a igreja Nossa Senhora do Socorro, no bairro Heliópolis. Ainda morávamos na rua Djalma Dutra, a uns vinte minutos da igreja. Era um dia de novena. "Pai", eu ainda chamava ele de pai, eu era obrigada..., ou dizia pai ou levava chibatadas com o cinto de couro de vaca que ele tinha. Era minha mãe que me forçava. Ele tava pouco ligando; já tinha os seus próprios filhos. Três, dois meninos e uma menina. Não precisava dos filhos dos outros pra lhe chamar de "papai".

Xica das pernonas, ela tinha ficado em casa pra preparar o jantar e tomar conta dos menores. Nós, minha mãe, Boca de Albacora e eu, assistimos à missa e voltamos pra casa. Era tarde. Ao chegar, encontramos o padrasto sentado em frente de Xica das pernonas — ela tinha umas pernas muitas cobiçadas pela junta masculina — O revólver na mão, minha irmã chorando. Ele dizendo que ia matá-la se ela dissesse alguma coisa. Minha mãe estava grávida de sete meses. Eu tenho minhas dúvidas. Não se sabe se ele tentou tirar o cabaço dela ou se ela, minha irmã, tinha visto ele com outra mulher. Em todo caso, a briga foi feia demais. Ele estava bêbado. Minha mãe se jogou em cima dele! Sem medo. Tentou desarmá-lo. Um tiro foi parar no meio das pernas lindas da minha irmã. Os dois caíram no chão, a gente correndo pra todo lado, pedindo ao céu que ele não matasse nossa mãe. Eles se levantaram, e foi aí que ele deu um pontapé na barriga de mamãe. Ela caiu no chão, gemendo... A gente se jogou em cima dela, protegendo-a, gritando para ele não matá-la. O sangue começou a escorrer no meio das pernas de mamãe, ela gritava de dor e eu, pela primeira vez... senti... senti uma pulsão, uma verdadeira pulsão de matar alguém...

As vizinhas socorreram mamãe. A criança nasceu morta. Acho que ele deve ter dado o pontapé na cabeça do bebê. Era uma menina e minha mãe chamou ela de Rosinha.

Os problemas com o homem, que eu tinha esquecido que não era meu genitor até a idade de 7 anos, já datavam de muito tempo. Eles tinham começado no nascimento do seu primeiro filho. Nesse dia mesmo ele tinha trazido de viagem um cachorro recém-nascido.

Uma bolinha linda! O qual foi chamado de Rex. Me fizeram compreender que eu não tinha o direito de brincar com o cachorro pra ele não se acostumar comigo. Ele não era meu. Só que Rex, crescendo mais rápido do que meu irmão, lógico, acabou sendo o meu cachorro. Nós morávamos na rua da Esperança. Quando minha mãe ia fazer as compras, no mercado perto do antigo cinema do Jardim, eu ficava sozinha com ele. Como eu ficava sozinha, me distraía como podia: brincava com as bonecas das minhas irmãs, colocava os saltos altos agulha da minha mãe, pintava a cara com o batom dela e me vestia com as roupas da menina que tinha morrido, a Sônia, que minha mãe guardava num baú dentro do quarto. Ainda não ia pra escola.

Minha mãe chegava com as compras, junto com uma das minhas irmãs, e quando ela abria a porta e me via deste jeito, me batia. Era proibido tocar nas coisas da Sônia. Também era proibido brincar com as bonecas das minhas irmãs. Eu brincava com o cachorro. E sempre terminava do mesmo jeito: ele pegava minha perna como se fosse uma cadela. Um dia, minha mãe viu aquilo... Eu não sabia o que o cachorro estava fazendo. Eu não sabia o que era SEXO!!! Só queria brincar. Então minha mãe viu e não gostou. E ela me pegou pelos cabelos, me bateu, eu caí no chão sem compreender. Minha mãe me levantou debaixo de pancadas e, sem fazer de propósito, me jogou contra a ponta do pilar que separava a sala de visita da sala de jantar... Eu senti um gosto esquisito e quente na boca, uma coisa viscosa e desmaiei.

Ao acordar, eu estava numa cama, nem sei qual era o hospital. Minha mãe estava ao meu lado, chorando de todo seu corpo, me pedindo perdão.

Quando a gente é criança, a noção de perdão não existe. Nós não sabemos o que é pecado, por isso não sabemos perdoar.

À medida que o tempo ia passando, minhas irmãs foram crescendo e saindo de casa; fui eu que fiquei com toda a responsabilidade: enquanto minha mãe passava o tempo grávida e a conversar com a vizinha, eu cumpria as tarefas domésticas. Levantava cada dia mais cedo e dormia cada dia mais tarde. Meu único prazer era quando, enfim, ajudava meus irmãos a fazer os deveres. Tinham me tirado da escola.

De novo por causa de uma das minhas irmãs, meu padrasto largou mamãe, nos deixando sem ter o que comer. Minha mãe começou a vender as joias que tinha, os móveis. E quando ela já não tinha nada pra vender, foi ver o seu antigo cabeleireiro. Uma bichona velha e avara que comprava cabelos das mulheres a fim de transformá-los em peruca pra vender. Fui com ela. Quando ele começou a cortar a linda cabeleira da minha mãe, fiquei revoltada e angustiada. Pobre mãe, ela tinha tanto orgulho dos cabelos! Jurei que ia dar um jeito na situação. Nenhuma irmã pra nos ajudar, o padrasto sem querer voltar... Muitas vezes eu ia vê-lo. Ele não gostava que eu fosse à fábrica onde ele trabalhava; esperava ele fora, ele vinha, me dava uns trocados e era só. Muitas vezes não dava nem pra comprar o necessário pra sustentar os filhos dele.

Com o trabalho, meu trabalho, entre 8 ou 9 anos, podia ajudar mamãe. Tomava conta das crianças, depois as colocava na escola; voltava pra casa, preparava a lenha, colocava o feijão de molho e ia catar cobre e garrafa vazia, que vendia. Com o dinheirinho comprava os alimentos de primeira necessidade. A primeira sede de liberdade, o sentimento de poder aliviar minha mãe do sofrimento no qual ela mesma se pôs, me enobreceram. Eu cresci rápido, virei responsável. E, como uma pessoa responsável, exigi da minha mãe o direito de estudar. Tinha uma professora de nosso conhecimento, uma antiga vizinha da rua Oliveira Lima, recém-formada, e ela aceitou me dar aulas das 8 às 10 horas da noite. Eu pagava barato. Com a volta do padrasto, eu parei de me preocupar com a alimentação do dia a dia. Mas voltei a ser doméstica. E daí? O mais importante era que me deixavam ir às aulas. Ler textos de verdade era a coisa mais importante na minha pequena infância destruída.

Eu descobri Victor Hugo! Ah, se soubesse como você embeleceu meus primeiros anos de vida... Se pudesse imaginar o quanto

A REJEITADA

seus textos me deram coragem para poder enfrentar as grandes misérias da minha existência. Como me parecia longe o tempo em que vivia sem preocupações, correndo nas ruas de Garanhuns, roubando flores, lindas flores, que eu presenteava minha adorada mãe. Ô mãezinha do meu coração, ainda hoje sinto tanto a tua falta! Se eu pudesse, mainha, meu Amor, eu daria tudo o que tenho, e mesmo a minha própria vida para te ver de novo!

Vai longe o tempo em que a gente, as crianças, íamos à casa do Preto Velho, um certo filósofo, com aquela bengala na mão, sempre tinha um cuzcuzinho doce que ele nos oferecia depois de ter contado a vida de João Pequenino. O mal sempre vencido pelo Bem! E essas palavras iam entrando na minha cabeça, se encrustando no meu cérebro. E dentro do mais profundo do meu ser nascia a sede de justiça, de igualdade social, de fraternidade universal. O medo, a inveja, o ódio, o ciúme, o desprezo, a calúnia e todas essas coisas imundas e horríveis que vivem dentro da gente; eu faria meu combate até o fim da minha vida.

Isso porque eu já tinha compreendido que não era eterna, que meu corpo não passava de um vulgar agrupamento de peças feitas de átomos os quais, um dia, voltariam para o lugar de onde vieram. Me dizia que eu poderia ser tudo, Deus ou Demônio, o Bem ou o Mal, Macho ou Fêmea. E tinha compreendido também que não éramos e nunca seremos iguais quando nascemos, nem pelo tamanho, nem pelo peso, e que muitas vezes somos considerados muito e muito diferentes, senão nascemos como todo mundo que pensa ser "normal".

Como esse homem – que pertencia aos vizinhos nossos, pessoas cultas, com filhos bem-educados, ricas, católicas, que não perdiam uma missa – era mantido pelos membros da família no fundo do quintal como um animal selvagem? Defecava e comia no mesmo lugar. Certas vezes tinha crises e gritava como um lobo enjaulado.

Uma vez, minha mãe estava conversando com dona Maria Cavalcante, que era a irmã do "louco" e nossa madrinha de São João. Eu aproveitei e fui ao fundo do quintal. Me aproximei, dei minha mão pra ele, ele a pegou, dividi meus bombons com ele, que aceitou. Quando madame Cavalcante viu isso, correu, segurou meu braço e me disse que eu não podia chegar perto dele, pois ele era perigoso quando estava em crise. A família dizia que ele era violento e que se eu me aproximasse um pouco mais ele poderia me estrangular através das grades.

– Você não vai brincar com ele, tá escutando?

Eu afirmava com a cabeça, "tá bom, eu não vou". Mas, dentro de mim, eu me dizia "não vou agora, mais tarde eu vou, sim".

E lá ia eu de novo, fingia que ia ver os pombos que estavam no terreno. Como elas passavam o tempo de blá-blá-blá, eu ia me aproximando até chegar às grades. Ele me olhava, me dava muita pena vê-lo assim, fechado como um animal perigoso. Quando eu estendia a mão, ele já sabia. Eu fazia um sinal para ele não gritar, me sentava perto das grades e brincava com ele. Como eu nunca tinha presentes, nem mesmo no Natal, eu fabricava os meus. Minhas bonecas eu fazia com caroço de manga; minha vaquejada eu construía com as goiabas que caíam dos pés: eu colocava palitos de fósforo nelas, espalhava-as dentro de currais diferentes e me divertia dentro do meu mundo imaginário.

Com o tempo, madrinha viu que minha presença acalmava o "louco"; então, ela mandava me chamar quando ele tinha as crises em que começava a arrancar os próprios cabelos. Ele parava na hora de gritar quando eu chegava, me estendia a mão, eu estendia as minhas e a gente ficava se olhando. Me diziam que eu tinha um "dom".

Houve dois episódios importantes na minha infância. Sempre na rua Oliveira Lima, foi um bando de moleques sem educação que corria atrás do "filho" dos donos do chafariz. Era uma família de protestantes. Garanhuns tendo, na época, mais católicos que protestantes, as crianças, talvez a mando dos pais, apedrejavam a igreja deles. Diziam que eles não eram como a gente, pois rezavam "de cú pra cima"! Diziam que eles não rezavam, ao contrário, berravam como animais. Mas o mais importante não era isso, era que o filho, de 1,80 m, tinha um problema físico. E ele se vestia de mulher. Andava de tamancão alto, empurrando a carroça quando despachava a água nas casas. E a molecada toda saía correndo atrás dele, gritando "ói o macho e fêmea! Tira a roupa dele pra ver!". De vez em quando ele parava a carroça e corria atrás dos moleques. Pra botar medo. E eles tinham medo! Todo mundo saía na correria! Normal, "Priscilia", tinha um físico que dava até pra empalidecer Sylvester Stallone de ciúme.

Era o pai dele, o barbeiro da rua, que cortava os seus cabelos e a mãe que costurava as roupas. O problema é que quando ele nasceu disseram que era mulher. Ele nascera com uma anomalia Declararam-no "mulher", mas na verdade era um homem. Num fim de mundo como Garanhuns, como explicar às crianças o que era o hermafroditismo? Bem impossível!

Jogavam até pedras nos vidros da igreja! Todo mundo dizia que eles eram "anormais".

Minha mãe me disse um dia que se eu fizesse a mesma coisa ela me mataria! Todo ser tem o direito de ser diferente, era o que dizia minha mãe! A gente tem que respeitar.

Foi assim que eu comecei a respeitar o que era diferente. A partir de então, quando cruzava "a Priscilia" ou os protestantes eu me mostrava respeitadora.

Eu ainda nem sabia o que significava a palavra hermafrodita. Portanto, alguma coisa me dizia que entre ela e eu havia uma coisa semelhante. Não sei o que, mas tinha! De outra parte, nunca me senti anormal. Mas me perguntava: "alguém vai me chamar de macho e fêmea um dia?". Me perguntava sempre isso e sentia uma dor imensa no coração. No começo eu pensava que era castigo; mamãe com certeza tinha pecado muito, e quem pagava por isso era eu, que não tinha nada a ver com o borogodó da história!

Num domingo o padrasto me mandou comprar um copo de cachaça. Nesse dia o chafariz tava cheio de gente, eu até tinha que fazer a fila pra comprar cachaça. Como eu odiava isso! Me sentia humilhada. Acho que o padrasto já tinha notado que alguma coisa não colava comigo. Ele fazia tudo pra que eu bebesse a pinga com ele. E ele dizia:

– Vai, mostra pra mim que você é um homem!

Não sei por que ele me dizia isso; eu era uma criança calma, obediente, sem extravagâncias. Uma vez estava fazendo a fila e, quando chegou minha vez, foi Priscilia que me vendeu a cachaça. Ele me perguntou pra quem eu estava comprando a pinga. Respondi que era para "meu pai". Ele me olhou durante uns minutos, me deu a cachaça e não quis que eu pagasse. Eu não paguei e guardei o dinheiro pra mim. Já gostava de ler e o Tio Patinhas era meu companheiro noturno.

Quando voltei da compra cruzei com a meninada, que fazia como eu; as crianças me olharam com raiva e, assim que cheguei perto de um cara de bunda mal lavada, ele me deu um soco no estômago. O copo caiu no chão, e Zé Pilintra bebeu a cachaça todinha. Eu fiquei de joelhos, sem fala. E os outros me perguntavam se eu também era como ele pra ter tanta intimidade.

Cheguei em casa chorando. Minha mãe perguntou o que eu tinha. Expliquei pra ela o que tinha acontecido. O padrasto me pedia a pinga dele, minha mãe me batia com o fio de ferro, explicando que eu tinha que me defender. Eu não poderia chegar em casa ensanguentada, senão na próxima vez eu apanharia ainda mais. Se fosse hoje, pobre mamãe estaria na cadeia. Todavia, se fosse um adulto que mexesse conosco, aí o negócio rendia. Minha mãe se transformava em leoa. Grávida ou não, nada lhe botava medo.

Isso me faz lembrar de quando a gente ainda morava na rua da Esperança. O primeiro filho do meu padrasto devia ter uns 6 meses apenas. Na vizinhança corriam boatos de que um homem estava roubando galinhas à noite. E como em casa tinha de tudo, nós ainda éramos "considerados ricos". O ladrão veio se aventurar a nos roubar. Me lembro da minha mãe, às duas horas da manhã, nós atrás dela, ela com uma baita faca na mão, espreitando o ladrãozinho de galinhas. No galinheiro todo mundo se agitava: peru, pintinho, franguinho; os porquinhos gritavam. E minha mãe atrás da porta com a faca. No escuro! Nós respirávamos silenciosamente. De repente, o atrevido enfiou a mão no buraco da porta da cozinha e tentou tirar o trinco; foi aí que minha mãe meteu a faca pra trabalhar! Vum! Ela cortou o dedo do ladrão! Ele saiu correndo, berrando na ruas, a vizinhança acordou, e minha mãe saiu se glorificando, parecia Napoleão quando ganhava uma batalha.

– Eu não disse não, oxente? Se esse cabra da peste viesse aqui, eu dava conta dele, não disse? Tá feito!

Era isso que ela dizia na rua minha mãe.

Guardei na memoria que roubar traz muitos riscos!

Depois de ter sofrido um acidente com o caminhão por ter abusado da cachaça, o padrastinho ficou uns seis meses com a metade do corpo paralisado. Ficou em casa! Na cama, dando ordens, e continuando a brigar com minha mãe. Meu inferno piorou! Tinha que lavá-lo, fazer comida, limpar a casa, me ocupar dos irmãos. Eu tinha apenas uns dois anos a mais que o primeiro, mas era eu ainda que tinha que dar banho nele! E quando eles choravam não querendo se lavar, e também porque eu tinha dado "um beliscãozinho" no braço, uh, lá-lá!!! O negócio esquentava pra mim! Levava porrada! Da mãe, lógico, o padrasto não podia se mexer.

Cinco horas da manhã. Levantar, catar os galhinhos secos e acender o fogo, no carvão oxente, zefa!!! Descascar batata-doce, ou o inhame; fazer o cuscuz, e bem feito, se possível, por favor! Colocar a água no fogo, fazer o café, espremer as laranjas, arrumar a mesa e acordar os meus queridos imãos para o seu desjejum... Levar o café da manhã na cama pro padrasto, esperar que ele diga que nada está bom, escutar as asneiras dos dois e fazer de conta que tudo ia bem. Que eu, com apenas 8 anos, era feliz com essa vida. Sem esquecer que eu via meu sonho de um dia "ser escritora" se esvaziando como um punhado de areia fina na palma da mão. Não ia mais às aulas. Muitas vezes ficava tão triste, e com tanta raiva também, que pegava um livro e ia me esconder na minha gruta lá atrás do centro de CAP, Cento Infantil Silvia Calado. E quando eu estava de volta, calma e serena, mãe queria saber onde eu tinha ido. Fui andar um pouco, mãe, era só isso que eu dizia. Essa não era uma resposta que a satisfazia, então ela começava a me espancar. Minhas costas ficavam em carne viva. Eu já não chorava mais, me comparando a Jesus Cristo na cruz, e superava a dor em silêncio. As orelhas ensanguentadas, as costas marcadas pelo fio de ferro da minha querida mãe, e eu acompanhava o olhar dela, calma, sem medo, e dizia:

– Bate mãe, vai mãe, passa teu ódio em mim, a senhora pode até me matar; eu não gosto mais da minha vida, mãe! Vai mãe, bate, por favor!

Minha mãe parava de me bater. Eu não dizia a ela que eu estava, também, rezando e pedindo ao meu santo preferido, Santo Amâncio, para que amaciasse o coração dela.

Eu tinha aprendido essa oração com Regina, uma "quenguinha", como diziam as vizinhas e minha mãe, que não gostava dela. Quando Regina e Maria, as duas irmãs amancebadas, vieram alugar a casa que estava vazia ao lado da nossa, à direita descendo a rua Frei Caneca em direção à rua Caruaru, os mexericos começaram. Eu não tinha nem o direito de lhe dizer "bom dia". Mas eu dizia! E até ajudava ela, a Regina, quando ela voltava com as compras.

– Oh, olha, você é muito gentil! Atenção, tua mãe não quer que você fale comigo, hein? Toma, é pra você! – dizia ela me colocando na mão um cruzeirinho, que eu não recusava de jeito nenhum!

Esta foi, e ainda é, a única oração que eu posso fazer em caso de desespero:

São Amâncio, amaciador, que amacia três feras, três tigres, três leões bravos, também terá a coragem de amaciar o coração de dona Maria Bonita e de todos os seus seiscentos diabos. (três vezes!)

Com dois eu te vejo, com três eu te ato,
Sangue te bebo, coração te parto
debaixo do meu pé direito te rebato
debaixo do meu pé direito te ato
debaixo do meu pé direito te rebato

A REJEITADA

tu será mais firme para mim que o solado dos meus sapatos
com dois eu te vejo, com três te ato
tu será mais manso para mim que todos os teus
seiscentos diabos...

Aí, depois, eu rezava três ave-marias, três pai-nossos... Sempre guardava essa oração escrita num pedaço de papel. Nunca mostrei pra ninguém.
Minha mãe muitas vezes me perguntava o que eu estava resmungando.
– Nada mãe, nada.
Só que no dia em que eu "roubei" aquela porcaria de caixa de sabão em pó, Omo, a oração não funcionou de jeiiiiito nenhum, tá?
Em casa a gente não tinha televisão. Mas eu podia levar meus irmãos pra ver televisão na casa de uma vizinha. Ela era muito generosa, e aceitava que certas crianças viessem assistir os desenhos animados. Entre esses desenhos animados os publicitários mandavam ver:
– Aqui chegou para aliviar a sua dor nas mãos, minha cara dona de casa, que passa seu tempo esfregando, esfregando para poder ter um branco total; deixe de lado essa pedrinha de sabão ri-dí-cuuuu-la e use daqui pra frente o poderoso sabão em pó: OMO!
Puxa! Eu ficava de boca aberta! Queixo caído, hein! E comecei a pensar, como era eu a dona de casa, e era eu que lavava as roupas, que esse satânico OMO ia me facilitar muito a vida a partir de então.
O padrastão ainda estava na cama, doente. Tava chovendo como vaca que mija! E o frio estava roendo os ossos. A irmã dele veio visitá-lo – vou apelidá-la de J –, era instrutora integrista radical, contrita. Vestida como uma freira: saia azul comprida, plissada, uma blusa branca bem engomada, os cabelos amarrados, sem maquiagem, cabeça erguida, pescoço duro e o olhar altivo. Quando ela chegou, nem sequer me disse boa-noite. Ela sabia que o irmão dela não era meu pai. Os braços estavam cheios de presentes, que ela deu a

meus irmãos. Só fiquei olhando; nunca tive inveja dos outros. Eles correram e se jogaram nos braços dela, chamando-a de titia.

– Vai comprar manteiga – me disse minha mãe –, vou fazer um bolo pra tua tia.

– Ela não é minha, mãe, é tia deles, não minha!

Minha mãe me pegou pelas orelhas. Hum!

– Deixa pra lá, Maria, eu compreendo.

Ela podia compreender: não tinha nem me dito "oi", e queria que eu a aceitasse como tia, ah, não!

Fui comprar a manteiga; só que, enquanto a quitandeira foi buscá-la, eu aproveitei e coloquei sob o sovaco a infeliz caixa de Omo. Só estava pedindo emprestado. Pensava que ia poder pagá-la assim que tivesse dinheiro, mas não sabia quando.

– Mais alguma coisa? Perguntou a patroa da quitanda, me observando com um ar de... "você tá fazendo besteira, hein!".

– Não, senhora, é só isso mesmo, nada mais.

Saí correndo até chegar em casa. Toda molhada. Dei a manteiga pra minha mãe e...

– Aconteceu alguma coisa? – perguntou mamãe, ficando muito séria.

Eu disse que não e, quando cheguei à cozinha, tentei baratiná-la com a caixa de Omo. Disse que tinha achado, que trá-lá-lá... Minha mãe me olhou com uma cara, me jogou contra o muro e disse:

– Olhe aqui, se alguém chegar aqui reclamando essa coisa aí, eu mato você, escutou?

– Mãe, isso é sabão em pó, isso lava muito bem, tá? Eu comprei fiado, vou pagar depois, mãe, oxe... Vai ajudar a gente a lavar todo esse monte de roupas sujas que se acumulam aí, né?! E, né, a senhora tá pouco ligando, não é a senhora que lava, sou eu!

Nesse momento, bateram na porta. O padrasto parou de conversar com a irmã e perguntou à minha mãe o que estava acontecendo. Eu fiquei branca, fiz xixi na calça de medo da minha mãe. Eu sabia que ia passar um momento muito difícil.

A REJEITADA

Minha mãe mandou eu abrir a porta. Colei na parede, fazendo o gesto de "não" com a cabeça; ela agarrou minha orelha direita, com aquelas garras de falcão que tinha, eu senti um friozinho agudo atravessar minha orelha e o sangue começou a pingar no meu pescoço. Forçada, eu a segui.
– Abre a porta, vai!
Eu abri. Vi a mulher e baixei a cabeça.
– Levanta a cabeça!
Eu levantei.
– Devolve essa coisa agora e pede desculpa pra senhora. Vai!
De dentro do quarto, meu adorado padrasto gritava:
– Bate mesmo! Senão essa praga vai contaminar meus filhos.
Minha mãe me arrastou até nosso quarto. Mandou meu irmão pegar os caroços de milho, uma cadeira, uma corda. Pegou o cinturão do homem dela, me ajoelhou nos caroços de milho, me amarrou na cama com a cadeira na cabeça e me disse que eu só sairia daquela posição quando ela decidisse. E mandou o cinturão nas minhas costas desnudas.
– Isso, Maria, dá mesmo! Essa "coisa" tem mais é que morrer!
Depois, ela me disse:
– Prefiro que você seja o que for, tá escutando? Mas roubar? Não, mato você! Eu te ma-to!
E saiu do quarto, deixando no cargo de carcereiros os meus irmãos.
De meia em meia hora um irmão vinha me ver. Não chorei. Meus olhos continuavam a fixar o chão, tive o sentimento de que já não existia, que não valia nada, não serviria pra nada; me senti uma coisa inútil, uma carga pesada, um monstro e que ninguém me amava, ninguém me dava carinho... Porque continuar a existir? Tive vontade de morrer, de vergonha, não de dor. A dor que sentia não era física, era moral. Porque a dor da vergonha é muito mais forte que a dor física.
No dia seguinte fui pra casa da minha irmã que tinha se instalado na terceira casa à esquerda. Com o dentista. Socorro, minha

irmã mais velha me tratou como Madalena tratou Jesus, chorando, dizendo:

– Não é possível! Como é que mãe pode fazer uma coisa dessas com você?

Peguei a defesa da minha mãe. Ela tinha razão, eu tinha cometido um grande pecado. Mas ela ficou furiosa! Ela também tinha recebido muitas pancadas, muitas cinturadas, e foi por isso mesmo que todas elas tinham fugido de casa antes mesmo de completar 18 anos.

Eu tinha tomado minha decisão: não esperaria ter 18 anos para ir embora, iria muito mais cedo e quando fosse embora seria para nunca mais voltar.

Esperando ir embora pra bem longe, eu pedi a Regina, que tinha mudado de endereço, depois de lhe ter mostrado minha orelha e minhas costas, se ela poderia me esconder na casa dela. Ela aceitou e eu fui embora.

O amante dela, que era o sócio de uma usina empacotadora de colorau no fim da avenida Barão do Rio Branco, aceitou me empregar. Eu só tinha que fazer de conta que não o conhecia. Eu empacotava o colorau, a farinha de milho etc. Ganhava 32 cruzeiros por mês. Trabalhava bem, sorria sempre, obedecia os chefes (todo mundo era chefe), e, ainda por cima, estava sempre disposta quando o patrão precisava de mim.

Meu salário dava pra pagar minhas aulas, ajudar Regina nas compras, e ainda ficava um pouco pra dar presentes pra minha mãe.

Quando o patrão vinha trocar o óleo, lá pelas 10 horas da noite, eu tinha que sair. Aproveitava, então, e subia a rua Frei Caneca, passava na frente da casa (alugada) de minha mãe. Precisava vê-la, vê-los, mesmo de longe. Do outro lado da rua, ainda não tinha casas, só um muro. Eu saltava-o, me acocorava e ficava olhando por trás de um buraco o que se passava dentro de casa. Escutava meus irmãos falando, brincando, minha mãe se ocupando das tarefas e o padrasto ajudando os filhos nos deveres escolares. Me dava uma tristeza! As lágrimas caíam, caíam... Eu saía correndo e voltava pra casa da Regina. Me jogava na minha caminha, no fundo da casa e começava a soluçar. Regina vinha, acariciava minha cabeça, enxugava as minhas lágrimas e me dizia que um dia tudo isso faria parte de uma triste recordação.

Mês de maio, mês do dia das mães. Economizei para comprar um presente para a minha. Era a primeira vez que eu podia dar um presente pra ela. Antes só dava as flores que pegava nas ruas, mas nas quais colocava todo o meu amor.

Comprei-lhe um jogo de talheres, com copos – estava faltando em casa –, uma concha, um vaso para flores, e um guarda-chuva. Ela ficou tão feliz! Até chorou.

Depois desse dia eu sempre vinha vê-la. Toda vez que saía da usina. Trazia sempre alguma coisa pra ela. Colorau e farinha de milho já não faltava! Sal, açúcar.

Minha mãe começou a me pedir pra voltar pra casa. Me prometeu que não me bateria mais. Falou com Regina, jurou-lhe que eu ia ter uma vida diferente. Nunca soube o que as duas conversaram realmente: Regina me convenceu de que eu tinha que voltar pra casa. Dona Maria Bonita era minha mãe, ela tinha o direito de fazer de mim o que ela quisesse. Ela, Regina, não queria ter histórias desagradaveis. De uma maneira ou de outra, eu tinha fugido de casa, eu tinha que voltar. Minha casa, estar perto da minha mãe. Só que eu não me sentia em casa, me sentia uma estranha.

Voltei, com má vontade. Preocupada. Ansiosa e com medo de perder o meu empreguinho, de não ter mais tempo para assistir minhas aulas.

O padrasto tinha voltado ao normal, bebendo menos, se recuperando e menos agressivo.

Infelizmente foi pior! Eu tinha que me levantar mais cedo, ir dormir mais tarde, e só quando ele chegava: minha mãe já na cama, eu limpando, arrumando. Lá pra meia noite, uma hora da manhã, ele chegava, um pouco quente, se sentava na cadeira de balanço e me chamava pra lhe descalçar. Eu tirava os sapatos, depois as meias, e colocava os pés dentro de uma bacia cheia de água morna que eu tinha colocado pra esquentar. Ia espremer as laranjas, fazia o suco dele e voltava a lhe lavar os pés. Quando ele ainda não tinha jantado, eu esquentava sua comida, ele comia e, depois de ter escovado os dentes, ia dormir. Eu também, exausta, cabisbaixa, triste e melancólica.

Lá pelas três e meia da manhã, o irmão mais novo começava a chorar, minha mãe me acordava, me dizia pra esquentar a mamadeira, eu fazia; e pro bebê dormir de novo eu tinha que lhe acalentar.

Cinco horas da manhã começava tudo de novo. Banho nos irmãos, café da manhã, e levá-los na escola. Quando chegava perto da escola, eu chorava sem compreender por que tinham me tirado da escola, do grupo escolar Henrique Dias.

Quando chegava ao trabalho, atrasada, tinha que explicar o por quê. Uma vez passa, três não!

Um dia o patrão me pediu pra chegar mais cedo, porque nós íamos buscar o leite na fazenda. Acordei cedo, preparei o café pra família e fui embora. O dia ainda não tinha clareado, as ruas estavam escuras. Eu estava com pressa. Quando estava a um metro do colégio municipal de Garanhuns, pisei numa coisa viscosa, grossa, esquisita e caí. Quando levantei a mão e olhei-a gritei de susto! Era sangue! Fechei os olhos pra não ver outras coisas. Só durou dois segundos. Levantei-me e meus pés tropeçaram em uma matéria mole. Olhei bem pra tentar distinguir o que era. E a um metro de mim comecei a entender o que via. Um cadáver, um homem, os testiculos cortados e jogados a um metro e meio de distância, a cabeça cortada, todo mutilado. As pessoas que moravam do outro lado acordaram, chegou gente de todo lado. Tenho a impressão de que a morte de outrem é sempre um evento. Fiquei olhando como todo mundo. Era um motorista de táxi. Se chamava João Ramalho. Fazia algum tempo que o marido da perua tinha suspeitado. E ele tinha jurado de dar fim no motorista. Mais uma morte por causa de traição, sexo, mortes estúpidas! Como se matar o cara lavasse a honra do chifrudo! Tive que voltar pra casa, tirar os sapatos sujos de cérebro humano, eu estava cheia de sangue! Fiquei pensando na mulher que encontrei toda cortada, naquele dia 7 de setembro. Aí está o grande espetáculo que se vê ainda hoje no meu Brasil maravilhoso quando ainda somos crianças. Fui mandada embora do trabalho.

De toda maneira, já fazia um bom tempo que eu acarinháva a ideia de fugir pra São Paulo. De Garanhuns a São Paulo é muito caminho! Já pensava como uma adulta. Não tinha infância, tinha perdido a noção da infantilidade, eu cresci muito rápido.

Regina me falava sempre que o tio dela morava em São Paulo. Na televisão também, no *Jornal Nacional* mostravam sempre imagens de São Paulo, dentro dos jornais que eu lia aos escondidos, na banca de jornal, eu via sempre fotos de São Paulo. A selva! Diziam também que as pessoas de lá não gostavam dos nordestinos. A gente era visto como estúpidos, analfabetos, ignorantes e agressivos. Os paulistanos se achavam superiores a nós... como se a gente não fosse brasileiro.

Em todo caso, não era isso que me faria mudar de ideia: eu já havia tomado minha decisão. Não gosto de traição, e mãe me traíra. Ia embora, custasse o que custasse!

Fugir? Não, tinha medo! Tinha começado com a idade de 7 anos. Mas sempre ia perto, de Garanhuns a Palmeira dos Índios. Dessa vez, ia ser diferente! Minha mãe não poderia me buscar.

Fecho os olhos e me vejo ainda levantando às 5 horas da manhã, o coração amargurado, os olhos cheios de lágrimas. Peguei minha mochila com o pouco de roupas que tinha, o frango com farinha que Regina tinha me preparado, fui até a porta do quarto de minha mãe, que sempre ficava aberta, olhei-a dormindo e saí nas pontas dos pés. Me sentia tão mal, tão mal! Sabia que minha mãe sempre nos amou, nós, suas crianças da infelicidade, e tinha certeza de que ela ia se preocupar comigo.

Um dia antes pedi a Regina pra entregar uma carta a minha mãe, explicando porque ia embora.

Desci a rua Frei Caneca olhando pra trás, se pelo menos ela tivesse vindo me pedir para ficar, se ela tivesse me dito pelo menos uma palavra de amor, eu nunca teria ido embora, porque mãe só temos uma.

    Ainda hoje agredeço a ajuda que Regina e um primo do meu padrasto me deram. Sem ela, sem ele, acho que não poderia ter viajado.

    Ele porque era advogado, tinha pena e me levou ao fórum, ali perto da praça Dom Moura, ver um juiz. Eu mostrei a carta de Regina pro tio dela em São Paulo, dei o nome de uma passageira que pegava o mesmo ônibus que eu e o juiz aceitou me dar a autorização.

    A carta de Regina explicava ao tio que eu era uma pessoa honesta, trabalhadora e que já sabia ler e escrever, que eu não teria problema pra achar um trabalho. Ele podia confiar em mim.

    Esse foi meu primeiro exílio, dentro do meu próprio país.

    A viagem durou três dias e três noites. Fiz amizade com todo mundo do ônibus. Contava história, cantava as músicas de Roberto Carlos e fiz todo mundo chorar quando cantei *Coração de Luto*... Canção premonitória, porque eu ia, sim, passar muita fome e frio por esse mundo afora.

    Quando o frango que Regina tinha feito pra mim acabou, não tendo mais nada pra comer, eu me sentava perto do ônibus, de cabeça baixa. Tinha vergonha de pedir esmola. Um dos motoristas, o mais simpático, me chamou pra tomar um suco na mesa deles. Eu aceitei. Me perguntaram quem era da minha família no ônibus, respondi que não tinha ninguém e a razão da minha fuga, mostrando as marcas que trazia nas orelhas e nas costas, no rosto também, das unhas da minha mãe.

    Nos dois dias que se seguiram nada mais me faltou.

    Quando chegamos ao Brás, eu continuei com eles. Antigo hotel Dr. Almeida Lima. Dormi num quarto só pra mim. No outro dia também. Às custas dos rapazes. No quarto dia eles voltaram pra Garanhuns. E o porteiro aproveitou, entrou no meu quarto, fechou a porta e quis se aproveitar de mim. Começou a me xingar, que eu era uma putinha, que eu dormia com os motoristas e que eu ia ter de fazer nele as mesmas coisas que tinha feito aos outros!

A REJEITADA

Me pegou pelos cabelos, com a baba descendo dos cantinhos da boca, abriu a braguilha e empurrou meu rosto na direção do seu pinto. O cheiro era tão forte que comecei a vomitar na calça dele. Minha cabeça começou a esquentar, todas as histórias que o Preto Velho tinha me contado estavam servindo pra alguma coisa, e eu comecei a procurar uma solução. Comecei a tremer imitando as pessoas nos centros de Umbanda quando eles fingem receber o espirito. Ele ficou verde, meteu o passarinho dentro da calça, tentando me acalmar. Aproveitei para destrancar a porta e sair correndo, tossindo. Cheguei a um bar perto da estação Roosevelt e comecei a chorar. Um senhor, que já tinha me visto desde que cheguei no hotel, me perguntou o que tinha acontecido. Eu expliquei que o porteiro tentou fazer safadeza comigo. Ele me disse que eu tinha que ir ao juizado de menores, dentro da estação. Dar queixa? Dar queixa de quê? Ele me explicou que o pilantra não tinha o direito de fazer essas coisas com uma criança. Eu fui mesmo, já não tinha onde dormir, nem sabia como chegar à casa do tio da Regina.

Ai começou tudo de novo: tive que explicar toda a minha pequenina história de criança fugitiva. Minha mãe, meu padrasto, minhas três irmãs, meu pai, que eu nunca tinha conhecido. Que só comia os restos dos outros. Os ossos de galinhas e as cascas de maçã quando o padrasto trazia pros filhos dele. Que já não ia mais à escola, que queria ser escritora! Contei tudo e pedi um cigarro.

O senhor José de Freitas Cinalli, delegado de polícia da estação do Bras na época, me levou no hotel. Perguntou ao porteiro o que tinha acontecido. Ele simplesmente disse que tinha me colocado fora porque eu era menor e que, além do mais, não tinha dinheiro pra pagar as diárias.

Cinalli me levou de volta pra delegacia. Me perguntou se eu estava com fome. Não, estava só faminta! Me levou pra comprar bolacha e leite. Me fez comer. Me colocou pra descansar numa cama que tinha lá. Dormi um pouco. Voltei e fiquei na porta da delegacia. Eu tinha que esperar a Kombi que deveria chegar, com o juiz. Era ele que devia decidir o que fazer comigo, me disse Cinalli.

Quando o juiz chegou, lá pelas onze e meia da noite, eu ainda estava sentada no murinho das escadas, fumando um cigarro.

Um homem pequeno e gordinho, vestido de terno cinzento, chegou acompanhado de policiais militares, carregando com ele um monte de moleques de rua... Passando perto de mim, me olhou e disse:

– Você tem quantos anos pra tá fumando assim, hein?

– Tenho a minha idade, e não pedi dinheiro pro senhor pra comprar os cigarros, tá bom?

Cinalli apareceu. O juiz lhe perguntou quem era eu.

Ele disse:

– Um "fenômeno" você, vai. Vem cá você!

Sentei na frente do juiz e comecei, uma vez mais, a contar minha infância em Garanhuns. Já nem chorava mais, dava até risada. E dizendo tudo isso provava com os papéis que tinha: minha carteira de trabalho, já tinha uma, o bilhete da viagem e a autorização do juiz de Garanhuns. Mostrei a carta por último. O juiz decidiu que eu não estava foragida e encarregou Cinalli de me levar à casa do tio da Regina, que morava na Mooca.

O tio dela já estava preocupado, pensando que tinha acontecido alguma coisa de ruim comigo. O primeiro dia foi muito bom. O tiozão me levou pra conhecer a Mooca, os lugares onde eu iria fazer as compras quando eles estivessem precisando. Mas, enquanto eu não tinha emprego, as tarefas eu executava na casa dele. A irmã dele era uma verdadeira escravagista: eu tinha que passar a palha de aço na casa de dois em dois dias! Passar a cera, encerar, e, além do mais, ela tinha me colocado pra dormir no fundo da casa, junto com... acho que era irmão deles também. Autista. Ele dormia de um lado e eu do outro. Havia duas camas no quartinho. E, quando eu acendia um cigarro, ele começava a gritar:

Tá queimando, socorro, socorro, tá queimando!

Duas vezes por semana Cinalli vinha me ver. Me trazia roupas, me dava dinheiro pro cigarro... hum... e me levava ao cinema, na avenida Celso Garcia. Num domingo ele me levou ao tobogã, na rua

da Mooca. Era a primeira vez que alguém me dava atenção, se preocupava comigo.
   O tio da Regina me arranjou um trabalho perto de casa, quase na esquina. Numa fábrica de chupetas. Eu tinha que separar as boas das ruins. Um monte de gente fazia a mesma coisa. Todo mundo em silêncio. Era deprimente, triste, horrível! Era porque o chefe da nossa seção, puxa! Era um filho da mãe de uma cachorra! Ninguém podia dizer nada! Trabalhem e calem-se. O que eu não conseguia fazer. Aí conversava com as velhinhas do lado, com os homens, cantava, contava histórias; as pessoas gostavam.Quinze dias depois, o chefe, arrogante, e cheio de poder, chegou perto de mim e disse:
   – Se você continuar a pertubar o trabalho dos outros vou te mandar embora, escutou?
   Fiquei nervosa! Oxente, agora que tinha o delegado de polícia de São Paulo que tomava conta de mim, nunca mais ia permitir ser tratada daquele jeito! E respondi de uma maneira completamente natural:
   – Olha aqui, espiga de milho queimada, eu não tenho culpa se teus antepassados foram escravos, tá? Pega teu racismo contra os brancos, e enfia lá onde eu estou pensando, escutou, senhor chefe? Eita, tem gente nesse mundo que não pode ter poder, porque abusa, oxê! Vai pro inferno, vai!
   E juntando o gesto com a palavra, larguei tudo e fui ver o chefe dos chefes, que era muito simpático. Expliquei pra ele que o outro era muito estúpido e agressivo, que eu não queria trabalhar na seção dele. O espiga de milho queimada foi chamado na minha frente e o chefão disse pra ele que ele não precisava exagerar. Fiquei de boca aberta: Caramba! Tem gente muito boa nesse mundo perverso, pensei!
   Talvez tenha ficado uns dois meses na casa do tiozão! Implorei a Cinalli pra me tirar de lá. Ele fez. Alugou-me um quarto perto da fábrica de sandálias Avacy. A dez minutos da central do Brás.
   Levou-me ao ginásio Padre Anchieta, perto da Radial Leste, e depois da avaliação eu pude começar o curso de admissão. Demorou pouco tempo e eu entrei no primeiro ginasial. Uns quatro meses.

Meu primeiro dia no ginasial foi muito marcante. Todos os alunos deviam dizer os nomes. Quando chegou a minha vez, eu estava no fundo da classe, de pé, os alunos se voltaram e começaram a tirar sarro. A dizer coisas esquisitas que não tinham nada a ver comigo. O professor quase não disse nada, eu fiz de conta que não era eu, deixei pra lá. Continuei nas aulas normalmente.

Durou um ano. Já conhecia bem São Paulo. Dona Hermozira, um descendete de espanhol, minha vizinha, gostava muito de mim. Me dava comida, presente, e me ensinava a tocar piano. Ela era professora de música clássica. Todo mês eu mandava uma carta pra minha mãe. Explicava pra ela que tudo ia bem, que quando a escola fechasse pras férias eu iria vê-la.

Só que não consegui esperar. E a vida com Cinalli estava começando a se complicar: ele não era meu pai, não podia assinar nada no lugar da minha mãe, se eu quissesse que ele continuasse a tomar conta de mim precisaria voltar a Garanhuns e pedir a minha mãe que autorizasse oficialmente Cinalli a ser meu tutor.

Ele me deu dinheiro, presentes pra minha mãe e meus irmãos. Eu voltei. Quando cheguei, minha mãe já não morava no mesmo lugar. Ele estava na vila da Cohab. Rua Três, número 4. Casinha pequena, mas ela estava feliz, eles tinham comprado.

Só que o padrasto, ganhava menos dinheiro, tinha mais filhos para criar, tomava mais cachaça e as coisas iam mal. Consequência: encontrei minha mãe grávida, pálida, acabada, devendo seis meses de prestação da casa, sem luz e sem água... Uma tristeza do inferno!

Nem pensei! Fui pagar as contas da minha mãe! A luz voltou, a água, e eu fiquei sem dinheiro pra voltar pra São Paulo. Escrevi uma carta pra Cinalli, explicando minha situação. E aprendi a conhecer um pouco melhor minha mãe. E quando eu perguntava quem era ou tinha sido meu pai ela respondia sempre a mesma coisa:

– Era um infame! Não valia nada.

Ela dizia que meu pai era aquele que me criava. Eu respondia que não, que ele não tinha me criado! Que ele não tinha me dado amor. Ela dizia que mesmo não tendo me dado amor, ele tinha me dado o que comer.

A REJEITADA

— E por que é que a senhora não quer que eu saiba quem é meu pai, por quê? O que é que ele fez ou não pra que a senhora tenha tanto ódio dele?

Minhas perguntas nunca tiveram resposta. Cinalli me respondeu rapidamente e mandou dinheiro. No nome do meu padrasto. Eu não podia retirá-lo. Ele fez. Leu também a carta. Analisou-a muito rápido e concluiu que eu, com apenas 13 anos, era amante do delegado. E no domingo, depois que bebeu todas, começou a me insultar, que eu não deveria ter voltado. Que eu era a vergonha da família. Tentou me bater. Eu peguei uma faca que estava na cozinha, coloquei na barriga dele e disse que se ele não calasse a latrina, eu enfiava com deleite a faca no fundo das tripas dele pra ver se ele tinha realmente um coração! Mandei ele pra puta que pariu e disse que não tinha mais medo dele. Minha mãe começou a chorar, gritando e me pedindo pelo amor de não sei quem pra eu ir embora. Como ela estava grávida, eu não quis aborrecê-la; beijei-a, pela última vez, e pus o pé na estrada.

Foi a última vez que eu vi a minha querida mãe.

Fui para casa da minha irmã, a "Corrinha" (Socorrinha que morava com o dentista). Ela tinha tido o primeiro filho do Manuel. Aliás, uma filha. Manuel não quis que eu ficasse com eles, então, eu decidi ir pro Sergipe. O dinheiro que Corrinha tinha me emprestado deu pra pagar o transporte até Penedo. Passei a noite toda num banco da praça, em frente ao rio, esperando a balsa. Depois, tive que pegar carona e andar durante muito tempo sob o sol tapando a minha cabeça. Dormi nas estradas, sem medo de nada. Parecia uma peregrina; como única companheira eu tinha uma vara na mão, e ficava atenta aos mínimos barulhos de onde quer que eles viessem. Brincava até com Deus... dizendo que, se ele existisse, estava me vendo e então ia me proteger; se o diabo existisse, daria uma boa surra nele com minha vara e mandava ele de volta pra casa dele!

Meu único objetivo era chegar à casa da minha terceira irmã, três anos mais velha que eu, e que morava em Sergipe, como me disse Corrinha.

Fafá, minha irmã, não estava em casa quando eu cheguei, lá pelas três horas da tarde, no dia seguinte. A vizinha me disse que ela não ia demorar. Eu fiquei sentada na porta, toda empoeirada, suja... como uma cadela vadia.

Estava com tanta sede, tanta fome que acabei dormindo. Fui acordada com o barulho do fusca do "Mec" – o macho de Fafá. Me vendo em tal estado de degradação física, ela se assustou.

– O que é que você está fazendo aqui, pelo amor de Deus? – perguntou. – Mas você não estava em São Paulo?

– Ora, tava – respondi –, não tô mais.

Ela me pertuntou se eu estava com fome... Puxa! Feito uma loba! Ela nem me beijou. Me mandou tomar banho e continuou a conversar com o bonitão.

À noite, fomos jantar no restaurante. Eles continuaram a falar de coisas que não queriam que eu soubesse.

No outro dia, o gaúcho, aliás, o Lucas, foi embora pro Recife e Fafá ficou "desesperada", cheia de tristeza, quase morrendo por causa dele. Parece que tinha ido embora porque minha irmã praticara um aborto, e o filho era dele.

Enquanto Fafá tentava obter o endereço do Lucas em Recife, Xica e Corrinha mandaram um telegrama.

Urgente: mãe no hospital! É muito grave!

– Olha, Fafá, a gente tem que ir ver a mãe, poxa! Pelo Amor de Deus, minha irmã, a gente só tem uma mãe, tá? Vamos vê-la, depois você vai procurar o Lucas!

– Que urgente nada! Já estou acostumada com as urgências delas! Eu tenho que ver o Lucas – ela dizia, chorando, com as mãos na cabeça e querendo arrancar os próprios cabelos.

Não pude fazer nada: sem dinheiro, financeiramente dependente, tive que aceitar o que ela escolheu.

Ela ficou tão doida que três dias depois foi pro Recife, dizendo que não poderia viver sem ele, que ele era o homem da vida dela, uh, lá-lá!! Me deixou na casa dela, sozinha. Deixou alguns trocados pra eu "me virar", e se eu precisasse de outra coisa teria que pedir ao patrazana da pensão onde ela tinha morado quando chegara a Sergipe.

Quanto à visita a mamãe, não era urgente e a gente veria isso quando ela voltasse.

Não tendo outra alternativa, fiquei calada, dependia unicamente da vontade e da tirania da minha irmã!

– *Mãe, não morre, preciso te conhecer um pouco mais! Se tu morres, qual será o sentido que darei à minha existência, mãe, diz? Por que lutarei, se tu não existir mais? Pra quem vou escrever quando estiver em São Paulo, diz, mainha! Meu Deus, escute a minha prece: faça que mãe viva ainda muito tempo! Estou no meio do mar, sem leme e nunca mais acharei meu caminho! Por favor Senhor, proteja minha mãe que amo tanto, é o único tesouro que tenho! Não a leva, te imploro, deixa-a pra mim um pouquinho mais!*

Uma semana depois Fafá telefonou para Nelson, o dono da pensão. Ele me disse que se dentro de um mês ela não estivesse de volta, eu poderira me desfazer das coisas – refrigerador, quarto, fogão etc. – e voltar pra São Paulo. O Nelson mandava as "amigas" da minha irmã me darem comida. Com fome e sem dinheiro de novo, eu aceitava.

Veio um segundo telegrama de Corrinha e Xica:

– Fafá, é realmente urgente! O médico diz que mãe está muito, muito doente! Talvez entre a vida e a morte! Venha!

Peguei o telegrama, li, e as lágrimas começaram a cair. Uma canção que escutava sempre quando tinha 7 anos, *Coração de Luto*, me surgia como uma punhalada no coração...

– *Não, Jesus Cristo, te peço, te suplico, deixe minha mãe viver, por favor, eu preciso dela, sem ela eu vou morrer de tristeza! Oh! Meu Deus, por que Fátima não vem, por quê?*

Fafá não veio e um mês se passou. Tive que vender quase tudo pra pagar o aluguel da casa. Pensei: se ela voltar, ao menos terá a casa, vazia, tudo bem, mas terá!

O Nelson, velho cafetão sem escrúpulos, explorador de todas as moças que moravam na pensão, me aconselhou a entregar a casa, mas, na realidade, ele só queria recuperar a geladeira da minha irmã.

Ficou combinado que quando vendesse o material eu lhe daria a metade do dinheiro; o restante pagaria minha passagem para São Paulo. Foi o que fiz. Só que não recebi dinheiro com a venda da geladeira: o rapaz me pagou em cheque. Ele veio buscá-lo de tarde e quando Nelson chegou, não sei de onde, e não viu a geladeira, ele perguntou para as meninas onde eu estava e onde estava a geladeira!

– Ela tá no quarto, nos fundos.

Eu tava lendo Allan Kardec, o cheque estava na mesinha da cama; só tive tempo de esconder o cheque dentro do livro.

– Onde está a geladeira? Você vendeu?

– Sim, já vendi!

– E onde está o dinheiro?

– Ele deve me dar amanhã...

– Ele se jogou em cima de mim, me agredindo! Queria me bater. Fiquei calma, serena. Ele me jogou contra a parede, quase me estrangulando, e disse que ninguém fazia ele de trouxa!

Eu gritei:

– Ele vai me matar! Ele vai me matar! Socorrooo!!!

Uma das meninas, muita amiga de Fafá, empurrou a porta do quarto e ameaçou-o se ele tocasse em mim! Ele me largou e deu 24 horas pra eu entregar o dinheiro pra ele.

No dia seguinte fui ao banco e recuperei o dinheiro. Cheguei à pensão e o porquinho imundo não teve nem tempo de abrir a boca; coloquei no balcão o que lhe devia e disse:

– Na minha família não tem ladrão, tá bom? Aqui está o dinheiro do senhor! Pode ficar tranquilo, amannhã eu vou embora!

A moça me disse que eu tinha tido sorte, porque Nelson era capaz de tudo por causa de dinheiro; ele já tinha até cortado um dedo de defunto pra recuperar um anel de ouro.

Não tive medo, já não tinha medo de quase nada! A vida estava me endurecendo...

Eram oito horas da noite quando eu me preparava para comer. Tinha apenas levantado o garfo, estava de cabeça baixa. Quando a mão chegou à altura dos lábios, estremeceu, o garfo caiu e eu disse:

– Fafá! O que é que está fazendo aqui. Você não deveria estar em Recife?

Fiquei muito feliz, porque que na mesma hora a gente ia pra Garanhuns, na hora eu só pensei na minha mãe e tirei os telegramas, mostrei-os a ela, que leu e respondeu:

– Vejo isso depois.
– Onde está o Lucas?
Está estacionando o fusca...
– Que bom, ele podia ir com a gente, né? Puxa é tão perto, Garanhuns! Vamos ver mãe, vamos, pelo amor de Deus, de Jesus, Fafá, vamos! Ela tá doente, a coisa é brava mesmo, Fafá, a gente tem que ir!

Ela começou a chorar. Lucas só tinha acompanhado ela, mas ia voltar para o Rio Grande do Sul, Porto Alegre, e não queria mais saber dela. Ela estava perdida, se arrependia de ter abortado etc.

Eu só pensava em minha mãe...

– Olhe, sua piranha, se mãe morrer e eu não vê-la, vou amaldiçoar você pelo resto da tua vida, escutou?

Ela chorou mais forte ainda!

– Pára de dizer besteira, tá? Mãe não vai morrer, porque é que você acha que mãe vai morrer assim, hein? Mãe não vai morrer não, pára com isso!!!

– Só estou te prevenindo, só isso! Se mãe morre e eu não a vejo, te corto o pescoço, fique sabendo! E outra coisa: teus móveis eu vendi tudo, você já não tem nada, e nem mesmo a casa, porque já devolvi pra dona. Amanhã eu volto pra São Paulo.

Ela chorou e chorou, se lamentou.

– Agora eu vou fazer o quê? O Lucas não me ama, não tenho mais casa, não tenho mais nada! O que vou fazer, meu Deus?

– Vai fazer como eu: amanhã vem comigo pra São Paulo! Atenção: nada de ficar com homens, tá?! A gente pode trabalhar, é fácil achar emprego! Eu já conheço muitas coisas e Cinalli pode nos ajudar. Vem comigo, vem?! O que é que você tem a perder, por exemplo?

– Nada – ela disse... chorando.
Lucas chegou e saímos pra jantar fora.
Fomos dormir. Ela num hotel, pra passar a última noite de amor com ele... mesmo sabendo que era a última; a esperança, pra certas pessoas idiotas, é sempre a última que morre! Talvez ela pensasse que ia fazer amor muito melhor para que ele não a deixasse. Não adiantou nada, no outro dia de manhã ela bateu na porta do meu quarto, levantei e abri. Era Lucas. Ele se desculpou, mas infelizmente tinha que ir embora sem que Fafá Bocão assistisse. Ele não queria despedidas tristes e inúteis. Deixou um pacote de dinheiro, me pediu pra lhe dizer que ia voltar pra Pelotas, que ela tinha que compreender que tudo tinha acabado entre eles.

– Tá bom – eu lhe disse –, darei o dinheiro a ela e explicarei que você não pode continuar com ela etc., fiques tranquilo, tá?! Eu vou acalmá-la...

Ele foi embora. Levantei, tomei banho, coloquei as malas na porta do quarto e fui tomar café no salão. Estava me despedindo das "moças" que faziam programa com os jogadores de futebol de Sergipe quando Fafá Bocão entrou correndo, chorando e perguntando onde estava o Lucas.

– Foi embora, esquece ele, tá?

– Como assim foi embora – gritava e chorava Fafá Bocão –, ele te disse aonde ia?

– Disse que está voltando pra Pelotas, que não adianta você correr atrás dele, que tudo acabou entre vocês... Olhe, não sei o que você fez pra ele, uh, lá-lá, mas ele não quer mais te ver, foi o que ele disse, tá bom? – respondi.

Ela me olhou com os olhos arregalados, cheios de lágrimas, o nariz escorrendo, a boca cheia de saliva, soluçando...

– E... eu... eu... e agora o que é que eu... o que é que eu vou fazer, hein? Não tenho mais o Lucas, não tenho mais casa, não tenho mais móveis... eu... eu... eu não tenho dinheiro!!!

– Já te disse, vem comigo pra São Paulo! Assim a gente não se separa, tá?! Vem, tá? Vamos à rodoviária e daremos um jeito de comprar o bilhete, não é? E então?

– Até que poderia ser, eu posso pedir pro Ramazotte pra dar um jeito.
– Mas quem é esse?
– É o dono da empresa de ônibus... um velho amigo. Ele gosta muito de mim, tenho certeza de que ele pode dar um jeito.
– Super, tá aí uma coisa boa, minha irmã! Vai, telefona, vai!
– A que horas é o teu?
– Às nove e meia; deixa eu olhar, tá? É isso, nove e meia.

Fafá passou dois minutos com o famoso Ramazotte. Já parara de chorar, de soluçar.

– Eu tomo banho e a gente vai embora, tá bom?
– Tá vendo, genial! Olha, este pacote é pra ti. O Lucas me disse pra te dar quando ele já estivesse muito longe. Acho que é dinheiro... tenho certeza, porque já contei... vixe!!! Olha, mais de três mil cruzeiros, hein! Caramba, o cara é mesmo cheio da grana!

Ela ficou de boca aberta! Olhando o pacote, o dinheiro... sem saber o que dizer.

Ao menos parou de chorar e repetir "ah, Lucas, meu amor, não posso viver sem você, Oh Lucas, meu amor, volta pra mim, pelo amor de Deus, eu preciso tanto de ti!".

Deus estava muito ocupado com coisas mais importantes pra poder dar atenção aos pedidos estúpidos da minha cara irmã Fafá Bocão; Lucas nunca mais deu notícias...

O sr. Ramazotti, o patrão da empresa mandou reservar um lugar no mesmo ônibus que eu. Deu um pouquinho mais de dinheiro a Fafá e o endereço de certa amiga que morava em Santos.

Ela ficou toda contente, não parou de chorar, e ficou menos angustiada: já não estava mais dura e tinha arranjado uma amiga.

Quando chegamos a São Paulo ela foi direto ver a amiga que morava na avenida Floriano Peixoto, na praia do Gonzaga e na mesma noite foi visitar as boates, as discotecas e os cabarés de *striptease*, bares pra gringos e homens que vinham de todos os horizontes pra descarregar!

O apartamento, grande, com muitos quartos, era uma pensão pra dançarinas. Fafá depositou suas bagagens sem se preocupar com o que ia acontecer depois... comigo ela já sabia muito bem o que ia fazer.

Enquanto não achasse uma pensão pra menores, eu ficaria dormindo no sofá, no salão. Provisoriamente, lógico!

Como nunca gostei de ficar parada, comecei a conhecer a cidade e não tardei a achar um emprego: tinha uma pensão que fazia comida pra entregar em domicílio. De bicicleta. Eu tentei: no segundo dia levei um tombo dos diabos e quebrei tudo, até a bicicleta! Voltei pra pensão com as marmitas vazias, amassadas e a bicicleta toda torta.

A dona da pensão me xingou muito, me chamou de inútil e incapaz. Me desculpei e fui embora dizendo que ela tinha razão, eu não tinha vocação pra serviços braçais...

No dia seguinte subi pra São Paulo, pra ver "meu inspetor de polícia" na estação Roosevelt, no Brás.

Ele ficou muito feliz quando me viu e quando entreguei a ele o papel da tutela que mamãe tinha feito antes que eu fosse expulsa de Garanhuns. Em seguida quis até me beijar... na boca! Eu estranhei. Recuei.

– Oxe, Cinalli, que é isso, poxa! Você nunca tinha feito isso!

Ele explicou que era apaixonado por mim desde o primeiro dia... fiz de conta que não tinha escutado e mudei de assunto. Dei-lhe meu novo endereço e expliquei que tinha que voltar pra perto da minha irmã, em Santos

Ficou combinado que ele viria me ver nos finais de semana.

Neuza, a nova amiga da minha irmã, consegui-lhe um "emprego" como dançarina no Fugitivo, uma das boates mais "badaladas" da época. Era uma morena da pele clara, cabelos compridos e cara de anjo.

Cinalli veio me ver. Era o primeiro encontro dele com minha irmã. Se falaram apenas... Ele me levou pra jantar num restaurante que indiquei: o que eu achava "chique", na praça da Independência.

O jantar tinha dado muito certo e nós estávamos no terceiro copo de champanhe, francês, por favor... Cinalli acariciou e beijou meus cabelos. Enquanto isso, meus olhos observaram dois rapazes à minha esquerda e um deles atraiu muito a minha atenção.
— Você não está me escutando, não é? — Disse Cinalli, que se tocou que eu estava sendo "paquerada". — Olha aqui, você está fazendo de propósito?
— Oxe, Cinalli, é proibido olhar alguém, é?
— Isso não é maneira de olhar pra um jovem — disse ele, irritado.
— Tô olhando pra eles porque eles são lindos e um pouco gostosos. Você tá com ciúme, pára, hein!
— Eu te proíbo de olhar pra eles desse jeito!
— O que, você me proíbe? Com que direito? Não sou nem tua mulher e nem tua amante! Não é porque o senhor inspetor de polícia pagou minha escola e me dá dinheiro de vez em quando que ele tem o direito de dizer o que devo ou não fazer! Ora, bolas, já não estou mais na casa do padrasto!

Nunca gostei de depender de ninguém. E na primeira oportunidade que tive, graça a um "amigo" de Fafá, comecei a trabalhar no circo Orlando Orféi, que tinha se instalado em Santos. Trabalhei um mês, uma coisa assim, mas, quando o circo estava pra levantar a lona, fiquei sabendo que não poderia acompanhá-lo porque era menor de idade. Como estava morando em Santos, fui fazer uma declaração de pobreza. Menti, disse que tinha 19 anos, que era analfabeta (ja sabia ler e escrever muito bem!!!), que era "órfã" e todo esse trá-lá-lá. Me deram uma certidão de nascimento.

Tirei todos os documentos e fui embora com o circo pra Blumenal, em Santa Catarina. Não pude nem estrear: os amigos da tropa tinham alugado uma casa sem eletricidade nem água encanada e estava muito frio. Caí doente. Até hoje não sei o que tive, só sei que fiquei no chão tremendo que nem vara verde. Ninguém se preocupou comigo. Fiquei mais de uma semana sem poder me levantar, eram as amigas que me davam umas migalhas pra comer, e, de vez em quando, um Melhoral pra passar a febre. O circo não quis mais saber de mim, tive que voltar pra Santos, pra perto da minha irmã, a única pessoa da família que eu tinha. Como ela não tinha lugar pra mim, ou não quis, fui ver Cinalli. Ele me levou pra pensão onde eu morava antes, pra ver se tinha uma vaga. No lugar da vaga encontrei uma carta da Regina dizendo que mamãe tinha... tinha morrido. A data da morte era o mesmo dia em que Fafá me deixou em Sergipe pra correr atrás da porcaria do homem dela. Me sentei na porta, chorando, com uma dor imensa no coração, uma sensação de vazio, como se um bicho esquisito tivesse entrado em mim e aspirado toda a minha substância física e espiritual. Eu já não era mais eu.

    Cinalli me levou pra jantar lá do lado da praça da Sé. Disse que eu não estava só etc etc... Eu não respondia. Meu olhar estava longe, estava em Garanhuns e tentava reviver as últimas imagens de mamãe, suas últimas palavras. Quando chegamos ao meio do viaduto do Chá eu passei uma perna por cima do muro e tentei pular. Cinalli teve só tempo de me agarrar pela perna, quase me bateu de raiva, chorou como uma criança, mas de felicidade, pois tinha me salvado. Fiquei com raiva, muita raiva.

    – Porque é que você não me deixou morrer, diga? Eu não tenho nada mais pra fazer na Terra, eu quero ir embora, embora, eu quero ver minha mãe, eu não posso viver sem minha mãe, Cinalli. Pelo amor de Deus, me deixa, me deixa ir embora, por favor.

    No dia seguinte Cinalle me levou pra Santos e me entregou pra minha irmã.

    Expliquei tudo a ela, chorando, jogando a culpa em cima dela.

    – Agora que a mãe morreu, você tem que voltar pra lá, vai ter que ir buscar teu filho, tá? Quem é que vai criá-lo agora, diga, hein?
– dizia eu, choramingando.

    Amaldiçoei a Terra inteira, condenei a Igreja e seus proxenetas, que fazem todo um povo acreditar que ter filhos é pura vontade de Deus, proibindo o uso de camisinha, de anticoncepcionais.

    – *Amai-vos e multiplicai-vos.*

A REJEITADA

Que deus imundo, egoísta, sádico e infame é esse? Com que direito ele pega o ventre de todas as mulheres incultas pra sua única vontade monstruosa? Minha mãe só tinha 37 anos e havia tido 16 filhos! E tudo isso em nome da Santa Virgem, a mãe de Deus; ela pariu todos os anos! Em nome e em respeito à Bíblia Sagrada, essa coisa velha, escrita há mais de 2000 anos, por aqueles barbudos que não tinham o que fazer a não ser espionar as suas mulheres, minha mãe teve que ter um filho por ano e morrer tão jovem! Depois desse dia minha vida se despedaçou e fui descendo cada vez mais. Estava com 13 anos e não tinha mais ninguém no mundo, porque minha mãe estava morta, morta, e eu nem estive lá pra vê-la, pra lhe dizer adeus pela última vez.

Nova tentativa de suicídio! Nova falha: dissolvi 180 comprimidos de Melhoral em uma garrafa de Coca-Cola. Bebi tudo, entrei no meu quarto em São Paulo, escrevi uma carta pra minha irmã Fafá Bocão, fechei a porta, cortei as veias e dormi... e acordei no hospital. Nada podia me dar vontade de viver. Psiquiatra, psicólogo, ninguém conseguiria fazer voltar minha felicidade perdida.

E comecei a passar pelas mãos imundas dos homens, me expondo a seus vícios e suas explorações degradantes. Para eles, eu não passava de mais uma presa, e esses safados, sem-vergonha, descarados, esses infames pedófilos ficavam felizes, aproveitando como eles sabem fazer tão bem, roubando o que eu tinha de mais sagrado: minha inocência! E quanto mais o tempo passava, mais eu perdia minha dignidade... virei uma criança largada a si mesma, uma criança PROSTITUTA.

Eu deveria estar na escola, mas, em vez disso, minhas aulas eram os atos sexuais que me impunham esses senhores da alta sociedade brasileira de perversos sexuais. Advogados, delegados, juízes, padres, empresários, todos, sem exceção! Não tinham remorso de me dar uma mixaria para gozar entre as minhas coxas infantis. Eles tinham perdido a honra.

Oh, senhores, oh, senhores! Como eu vos odiei, como vos rebaixei a cada vez que tive que vos mastubar, saibam senhores, não houve uma vez só que eu não pensei nas vossas esposas, nos vossos filhos, e ficava com dó de todos, até de vocês!

Depois de ter vagabundado um pouco em todo lugar de Santos, sem domicílio fixo, dormindo na areia de dia e batendo de porta em porta de boates nas quais, enchendo a paciência da Fafá Bocão, que já ganhava bem a vida, acabei achando um trabalho.

Servia bebida pras dançarinas e preparava os coquetéis pros "gringos", no começo; depois fiz como minha irmã, me exibia dançando na pista.

Foi aí que me apaixonei pela terceira vez: por um grego, que me ensinou a língua dele, e eu a minha. Ele me prometeu mundos e fundos... no final, só vi os fundos, ele me deixou sozinha em frente ao mar com os meus sonhos de viagens. Foi embora e nunca mais voltou ao Brasil.

Todas as noites, quando ia trabalhar, eu cruzava um "personagem" que ficava na esquina sem praticar a prostituição. Num beco escuro, entre as ruas General Câmara e Conselheiro Nébias. Eu olhava pra "ele" com nojo e desprezo, não porque era "travesti", mas porque ele se enfregava nos gringos, contra o muro, e roubava as carteiras deles. E dentro de mim eu dizia que era bem feito pra eles!

E numa dessas noites, quando voltava pro hotelzinho onde eu estava, era mais uma pensão que hotel, eu vi essa pessoa, Nívea, jogada no chão, levando chutes, porradas, pontapés de um homem de quem ela tinha acabado de roubar o dinheiro. Só que não era um gringo, o senhor era um cara que trabalhava no cais!

– Ah, sua bichinha safada! Dá meu dinheiro ou te mato! Pá!!! Toma mais porrada!

Não pensei duas vezes: tentei fazer o bruto parar de bater na Nívea, então, ele parou de bater nela e me deu um soco que me mandou ao chão! Meu nariz sangrava e o f.d.p. me acusou de ter planejado tudo com "ela". Aí ele colocou um pé na boca dela e obrigou-a a devolver o dinheiro. Ela fez isso. E ele foi embora, chamando-a de ladra!

Olhei-a e perguntei porque ela roubava. Daí pra frente ela me contou a vida inteira dela e eu contei a minha: ela roubava porque não gostava de vender o corpo e tinha uma mãe e uma irmã pra sustentar. Nívea tinha a mesma idade que eu.

Eu disse pra ela de onde vinha, do meu Nordeste, que não tinha mãe nem pai, e que não tinha ninguém, só eu mesma, pra me proteger. Foi assim que ficamos "amigas".

Um dia, o diretor de uma Cia. de dançarinos e dançarinas me viu dançar e propôs um trabalho; a gente era bem paga, tinha casa e comida, e nanani, nananã! E que a gente podia viajar muito etc. Eu topei e fui embora! Por precaução tinha guardado meu quarto, pois deveríamos estar de volta um mês depois.

Colou só um mês, tá? Porque o vira-lata cara de pau foi embora e nos deixou sem um centavo.

Voltei pra boate, tentei negociar meu emprego de volta e o patrão me mandou plantar batata! Com toda a razão...

Depois de um mês sem ter com que pagar o quarto, fui jogada na rua, de novo! Tentei ver minha irmã, ela não quis saber de me ajudar. Como não tinha onde ficar, dormia no terraço onde ela morava. Quando chegava do trabalho, ela me via dormindo no chão e não estava nem aí!

Nívea me viu, teve pena de mim e me levou pra morar nos fundos da casa da cafetina onde ela tinha o seu quarto e onde recebia, quando estava com vontade de transar, os michês dela.

Eu não nasci pra ser prostituta. A prova: meu primeiro dia na esquina foi uma porcaria. Estava toda vestida de piranha e dançando, só dançando, nem tava pensando em ganhar dinheiro pra sobreviver, só queria dançar. Foi quando um cretino pensando que era muito macho me pediu pra dançar com ele. Eu o olhei de cima a baixo e perguntei se ele não se tocava!

– Puxa, vai te enxergar, cara! Eu dançar com você? Mas nem morta, tá?

Virei as costas e continuei a dançar. Nívea veio me ver e disse que eu não deveria ter recusado, porque o cara era um gângster peri-

goso. Respondi que o corpo era meu e eu fazia o que queria com ele.
 Nesse momento ele veio de novo, e dessa vez perguntou quanto eu cobrava. Mandei ele pra puta que pariu o pai dele dessa vez. Ele deu a volta, foi ao bar, pegou um copo de cerveja, chegou por trás de mim e jogou a bebida gelada dentro do vestido lindo que Nívea tinha me emprestado.
 Eu virei, no ato, e dei-lhe tamanha bofetada na cara que a cabeça dele virou pro outro lado. Ele era um gângster! Não estava só! Nívea mandou eu correr pra casa e me esconder. Eu corri. Mas não fiquei em casa, tirei o vestido, os saltos altos, coloquei um *short* bem agarradinho, uma gilete dentro da boca e voltei. No meio do caminho, na rua Cochrane, na escuridão um sujeito me agarrou pelo braço e me perguntou onde eu ia tão nervosa.
 – Vou voltar pro bar, e se aquele cara se meter de novo comigo, eu corto a língua dele – foi o que eu disse... ao amigo do gângster!
 Dois minutos depois fui cercada pelos homens, eram sete e o esbofeteado... que me agarrou pelos cabelos e me lavou ao fundo do cemitério de sucatas de caminhão, na frente de casa!!!
 Quando chegamos ao fundo, na escuridão, ele baixou a calça, botou o pênis pra fora, me deu uma pancada com o cabo do revólver e disse:
 – Você não quis por bem, vai ter que fazer de força, sua peruinha atrevida! Vai, chupa sua pilantra! Tá pensando o que, hein? Vai ter que chupar todo mundo ou eu te mato, escutou? – dizia o chefe.
 Eu respondia:
 – Não!
 E ele me esbofeteava!
 Eu comecei a tremer, todo o meu corpo tremia, como se eu estivesse tendo uma crise de epilepsia.
 – Vai, tá esperando o quê? Chupa ou vai apanhar até morrer!
 Eu levantei os olhos e perguntei se realmente ele queria que eu chupasse. Ele disse que sim. Eu pedi pra ele mandar os colegas se afastarem um pouco. Ele fez isso. Peguei o pau dele, enfiei na boca,

A REJEITADA

fechei os olhos e mandei ver! De uma vez só, com muita força! Com tanta força que senti o gosto viscoso de sangue quente. Senti um poder imenso acordar em mim quando vi ele se curvando, como um cachorro imundo, de tanta dor! Ele berrou, largou o revólver, eu gritei, gritei tanto, tanto, saltei em cima de uma carroceria, e pedi:
– Socorro! Socorro!!!
Descobri que não queria morrer!
Eu gritava e eles me jogavam pedras! Nessa gritaria toda, escutei uma sirene de polícia e uma voz gritando:
– É lá no fundo, eles vão matá-la. Pelo amor de Deus, façam alguma coisa! – gritavam a cafetina e algumas pessoas do outro lado da rua.
Foi aquele corre-corre! A polícia chegou, o do pau cortado estava de joelhos, urrando, e eu lá em cima, sangrando, tinha levado várias pedradas, mas... não CHUPEI f.d.p. nenhum!
Foi assim que eu me achei na mesma situação que a pessoa que eu tanto condenava: Nívea!
Até o dia que Fafá Bocão veio na esquina e me chamou de tudo que era nome! Disse que ia me matar se eu não saísse de Santos, que eu estava fazendo-a passar vergonha, que ela me proíbia de ver o filho dela, meu sobrinho, que ela ia mandar a polícia me perseguir!
– Te faço passar vergonha em que, me diz? Quem deveria ter vergonha é você! Quando eu precisei você me deixou passar fome na rua, me esculachou, me tratou como uma merda, Fafá, eu sou o que, me diz? Ainda sou uma criança, tá? Vai pra casa dos cachorros e pro meio do inferno, tá bom? Não preciso de você não, escutou? Me deixa, eu faço o que quero da minha vida, tá bom?
Ela saiu chorando.
Voltei pra São Paulo, Nívea também. Desembarquei na avenida Ipiranga, lá no alto, bem perto da rua da Consolação. Passava o tempo todo correndo da polícia, dos famosos camburões e os pastores alemães que os policiais jogavam em cima da gente! Nívea roubava os clientes! Dava uma trepadinha só quando queria, a Nívea. E eu, só quando tinha que pagar meu quarto, comprar minhas roupinhas, co-

mer, ir pra discoteca atrás do Hilton Hotel, na rua Teodoro Balma, e jogar fliperama!

No começo, para mim isso não passava de uma brincadeira, mas quando os policiais metiam a gente o tempo todo atrás das grades... quando nos fechavam nas gaiolas junto com as putas, as bicharadas, os ladrões, e tudo o que a sociedade rejeitava, eu comecei a sofrer, a compreender que não era com esse mundo que eu tinha sonhado quando era criança.

Já fazia uma semana que a gente estava engaiolada; nos davam comida como se fôssemos um monte de leprosos. E quando eu pedia pra ver o senhor delegado do 4º Distrito, os tiras jogavam água fria na cela. E gritavam:

– Enquanto vocês não decidirem trabalhar, seus vagabundos, vocês estarão sempre atrás das grades!

Sem comer, sem dormir, com pulgas, feridas, mau cheiro de gente, mulher, homem, todo mundo amontanhado um em cima do outro. Brigas, insultos de todo tipo... Eu comecei a tremer, tremer. Todo mundo começou a sair de perto de mim, pensando que eu ia ter a famosa crise epilética. Tirei a gilete da boca, gritei, como D. Pedro às margens do rio, eu gritei e dei o primeiro golpe de lâmina no meu braço esquerdo! O sangue espirrou, as bichas gritaram, os homens berraram, e eu também:

– A liberdade ou a morte! E pá! Mais um corte! Mais sangue. Os tiras vieram, o delegado chegou, tirei minha calcinha, abri minhas pernas e meus braços em cruz, dei mais um golpe no pescoço; o sangue descia, descia. O delegado perguntou o que a gente queria:

– Queremos nossa liberdade!

Aparei o sangue na palma da minha mão e joguei-o na cara!

O delegado correu, apavorado! Nós aproveitamos e colocamos fogo na cela! A *Folha de S. Paulo* publicou uma matéria no dia seguinte: "Travestis botam fogo nas celas". Ora, não havia só travestis, tinha de tudo: mulher, homem, gay, lésbica e gente que não tinha "carteira assinada".

A REJEITADA

E sempre era a mesma porcaria: quinze dias de "cana", quinze dias sem pagar a diária do quarto e um(a) aproveitador(a) que colocava a gente de volta na esquina no mesmo dia em que saía!
– Eu quero as diárias de hoje pra amanhã, escutou? Ou coloco teus panos de bunda na rua!
Uma vida dessas não era pra mim, aliás, pra ninguém! Então, decidi dar um jeito pra cair fora. O presidente da França, Giscard d'Estaing, estava de passagem no Brasil. Os direitos humanos faziam parte das fofocas presidenciais. Na avenida Ipiranga, na quadra do Hilton Hotel, tinham colocado um dispositivo militar muito impressionante e ninguém, a não ser a alta sociedade, podia circular naquela área. E eu já não concordava mais em obedecer quem quer que fosse!
Logicamente, nós íamos como de costume dar nossas voltinhas atrás do Hilton, e quando víamos o caminhão dos militares, a gente se enfiava na boate! Muitas vezes eles entravam e arrastavam todo mundo pra fora, dando cacetadas, chutando nossos corpos como se fôssemos bolas de futebol. Um deles veio pra cima de mim e eu encarei. Ele pediu minha carteira de trabalho.
– Por favor, assinada, tá?
Eu disse que não tinha. Ele começou a me insultar. Eu aproveitei um momento de desatenção, dei-lhe um pontapé no meio da fábrica de espermatozoides, ele se abaixou e eu saí correndo, atravessei a avenida Ipiranga, peguei a rua da Consolação e fui me esconder dentro de uma garagem, debaixo de um carro, na rua Nestor Pestana.
Me procuraram durante muito tempo! Quando já não escutava mais o barulho das sirenes dos carros de polícia, eu "saí de baixo", sacudi a poeira e fui pra casa. Me jurei que ia deixar aquela vida.
Foi o que fiz: aluguei um apartamento na avenida São João, tirei minha carta de motorista, entrei num curso de "costureira", hum... alta costura, *"s'il te plaît"*, peguei o diploma e comecei a trabalhar costurando para os "transformistas" que dublavam as cantoras do momento.

Manuel entrou na minha vida e tudo ia muito bem, até ele começar a dar "umazinha" fora de casa.

Aí chegou a Nívea, passei o apartamento pra ela e decidi me expatriar. Em 1979 nós, brasileiros, quando deixávamos o país, tínhamos que pagar uma "taxa" aos militares. O famoso depósito. Nunca compreendi por quê. O depósito era feito no Banco do Brasil. Não me lembro muito bem, mas acho que era uma coisa como uns cinquanto mil cruzeiros! Lógico! Eu não possuía essa soma. Mas ia economizar! O apartamento era a Nívea que pagava com o advogado dela. A irmãzinha dela também veio morar conosco. Eu comprei um carro do ano, um passat preto, a prestação. Era fácil, assim que terminasse de pagar o carro eu venderia para pagar o depósito. Enquanto isso, vamos viver! Tive até prazer em fazer Manuel de corno! Uns chifrinhos, de vez em quando, não matam ninguém... depende do corno!

Numa manhã, lá pelas nove e meia, eu estava pra sair, ia fazer compras, quando tocaram a campainha. Era uma "amiga" de Nívea, Fabíola, muito linda, esbelta, graciosa, uma verdadeira obra-prima da natureza: morena clara, de cabelos longos e negros. Ela tinha sido liberada da cadeia depois de ter passado três meses por "vagabundagem". Durante esses três meses ela ficou sabendo – mesmo na cadeia se sabe de tudo! – que seu "cafetão" tinha aproveitado sua ausência e dormiu com sua melhor "amiga", a Sylvia. Digamos que ele tinha razão, Sylvia era uma mulher "perfeita": quadril, coxas, pescoço, mão, pés, maneira de falar, tudo mesmo, sabe?... bom, vá... quase tudo!

– Oi, Nívea tá em casa? – me perguntou ela.

– Tá sim, mas dormindo. Quer que eu acorde ela?

– Não, estou só de passagem.

Ela foi direto à cozinha, pegou uma faca bem amolada, enfiou na calça e foi embora resmungando que ia acertar as contas com a Sylvia. Eu fiquei pasma! Sem saber o que fazer. Sylvia morava a uns cinco minutos de nós, de táxi... Fui correndo ao quarto da Nívea, ela ainda dormia junto do Carlos. Ela devia estar nas nuvens, porque não quis me escutar. Passou apenas uma hora, Fabíola estava de vol-

ta, com a faca na mão, e dessa vez foi a Soula, a irmãzinha da Nívea, que abriu a porta. As roupas estavam sujas de sangue, a faca também! Soula me olhou e, sem dizer uma palavra, colocou a faca na minha mão! Nívea chegou, esfregando os olhos. Me olhou e abriu a boca:
– Gente, o que é isso?
Eu coloquei a faca na mão da Nívea.
– O que é que você quer que eu faça com isso? – perguntou Nívea.
Carlos chegou atrás de Nívea. Ela deu a faca pra Carlos, o coitado, nunca tinha sequer defendido um crime!
Ele devolveu a faca a Soula e disse pra ela jogá-la na lixeira.
Fabíola começou a dizer que tinha feito uma besteira e pediu conselho a Carlos.
– Coloca ela no carro, leva pra Santos, esconde na casa da família durante 24 horas. Vamos ver isso depois, com o Juiz.
Fizemos isso. Duas horas depois estávamos de volta, eu junto! Fomos ao apartamento da Sylvia, que ainda estava estendida, toda fria, banhada numa poça de sangue! Durante o trajeto, Fabíola disse que não queria matá-la, só dar um susto! O susto custou caro à coitada da Sylvia. Morrer por causa de alguns momentos de prazer... prefiro viver no desprazer, tá?
– Te juro Nívea, eu não queria matá-a! Só dei uma facadinha na coxa dela, não pensava que isso ia cortar a veiona, te juro! Depois, eu coloquei ela debaixo do chuveiro, para parar o sangue, aí foi pior, ela perdia cada vez mais sangue! Eu fiquei em pânico! Tive medo, chamei uma ambulância e fui embora!
Só que quando a ambulância chegou, Sylvia já tinha esvaziado seu sangue completamente. Em São Paulo era assim, esperar uma ambulância num caso como esse era a morte certa!
De noite todo mundo só falava da Sylvia. Mas quem a matou? Você sabe, Nívea? Perguntavam todas.
– Não, não sei não...
– Que sacanagem, poxa! Dizem que foi Fabíola, hein? Olha, Nívea, espero que o Carlos não vá defender essa infame, hein! Porque

matar a coitada da Sylvia por causa de um cafajeste como aquele, ninguém pode! Espero que ela vá pro inferno, se foi ela!

No outro dia, Carlos viu um juiz amigo, explicou a ele o caso, o juiz pediu a faca, queria a faca de qualquer jeito! Só que ela já tinha descido pra caixa de lixo do prédio. Foi difícil, todo mundo começou a esvaziar as lixeiras e acabamos por encontrá-la.

Fabíola foi condenada a um ano de cadeia. A família da Sylvia se recusou a fazer o enterro. O pai, homófobo, católico, apostólico e alcoólatra ordinário, um cretino de baixa categoria, coisa imunda que se achava "normal", nos disse que não tinha "filha", tinha tido um filho, não aceitaria dar um velório pra uma"bicha", mesmo sendo o próprio filho!

Então, nós lhe demos um enterro digno de um ser humano, não de uma "bicha", como disse o pai, filho de uma égua sem dono!

Do meu lado, as coisas não adiantavam: trabalhava, mas nada de conseguir o dinheiro da porcaria do depósito. Resolvi ir a Nossa Senhora Aparecida. Não foi fácil, eu estava completamente desmontada: tinha escapado da morte quando tentei desafiá-la.

A fim de sair um pouco do quotidiano, uma noite fui ver Nívea, que tinha trocado a avenida Ipiranga pela avenida Jabaquara, perto do aeroporto de Congonhas. Ela estacionava o carro perto do "Mar e Sol" e ficava esperando os clientes. Eu também parei meu carro, desci etc. Conversa vai, conversa vem, um jovem de uns 16 anos rodeava a gente em cima da sua soberba bicicleta, brincando, contando piadas... Já fazia tanto tempo que eu não subia em cima de uma bicicleta! Insisti, pertubei o moleque, talvez até tenha lhe prometido alguma coisa, não me lembro bem. E ele acabou me emprestando o engenho, todo novo, presente de Natal do pai... Só que tinha uma ladeira danada. E eu só perguntei onde era o freio, ou como se freava a besta na hora que cheguei na boca da morte! Pensei em Paris! Sentindo o perigo, continuei, atravessei a avenida Jabaquara. Um caminhão da marca Scania, vermelho, tinha passado o sinal vermelho, e eu só tive tempo de levantar o guidom, na frente, virei o rosto do lado direito e fechei os olhos. O impacto foi forte, forte demais. Subi, acho, um

A REJEITADA

metro, talvez dois. Nesse lapso de tempo eu vi todas as imagens da minha infância desfilarem dentro do meu cérebro, eu vi... como uma luz quase se apagando. Tudo que sobe, desce. E eu caí no chão, no meio do asfalto. A dor foi imensa, mas meu pensamento, minha vontade de viver foi muito mais forte.

Escutava, no meu torpor, gente falando, gritando, e dizendo:
– Oh, meu Deus! A coitada! Ela esta morta! Um choque desses, ela está mais do que morta!
O caminhão parou cinco metros mais longe. O farol abriu e eu abri os olhos. Vi um monte de carros vindo em cima de mim. Então, fiz, não sei como, o impossível: me arrastei como um animal doente, levando nas mãos o que tinha sobrado da bicicleta, até a beira da calçada. Os carros passaram, zum! Eu fiquei quase desmaida. Um monte de gente, as pessoas curiosas, diziam "ela tá viva", mas ninguém chamava uma ambulância.

Duas mulheres passavam por ali naquela hora e foram elas que me salvaram! Deram a volta no quarteirão, mandaram todo mundo sair de perto do meu "cadáver" me colocaram no carrinho delas, azul, e me levaram para o hospital mais próximo.

Eu comecei a retomar a consciência, a gemer, a dor começava a acelerar. O osso da minha clavícula esquerda, quebrado, quase saía da pele. Eu mordia os lábios pra conter meus gritos.

As minhas salvadoras não se chamavam Jesus, mas irmãs coragem! Porque fizeram um escândalo quando se recusaram a me dar tratamento no hospital, eu não tinha carteira assinada nem INPS ,na época; elas foram a um hospital público e imploraram para que me dessem assistência, que um médico viesse me socorrer.

Enquanto isso, eu só pensava no meu "rosto". Estava ou não desfigurada? Esperava que não! Os enfermeiros, as pessoas, murmuravam:

– Mas como é que ela escapou?
Eu respondia, com a boca ainda sangrando.
– Ninguém deve se preocupar com a vida, a morte chega quando ela tem que chegar.

Uma semana depois, costurada aqui e ali, o tronco no gesso, Mané veio me ver e quis "trá-lá-lá" comigo. Eu não podia, por causa da minha "cadeira" direita toda desfiada e destroncada. Eu comecei a sentir, entre o braço e o seio, um mau cheiro, uma coceira, era uma coisa horrível, insuportável! E quanto mais eu coçava, mais latejava, e mais fedia. Parecia que eu estava simplesmente apodrecendo!

Achando que isso não era normal, de jeito nenhum, voltei ao hospital, expliquei a situação a uns enfermeiros e eles me perguntaram quanto tempo já fazia que eu estava no gesso. Contei a verdade. Eles tiraram um bom sarro da minha cara e mandaram voltar pra casa.

Voltei. As coceiras continuaram, o cheiro putrefactivo também. Eu nunca abandono a luta! Quando tenho que ir, vou, seja lá aonde for! E fui a outro hospital. Tive que chegar às 3 horas da manhã, e pegar uma fila, caramba!

Quando chegou minha vez, mandaram me sentar, me sentei.

– O que aconteceu?
– Tive um acidente.
– Foi grave?
– Se tivesse sido tanto, eu teria morrido, não é? Então, não foi! Só um pouco, estou viva. Não sei por quanto tempo, mas estou.
– E o gesso?
– O gesso? O gesso tá aí.
– Há quanto tempo?
– O senhor é médico? Tem certeza? Puxa, acho que não, hein! Eu quero ver o médico, por favor!

Chegou o médico!

– Calminha, tá?
– Puxa doutor, poxa, é sacanagem, tá? Estou com muita dor, fiquei esperando o senhor desde as 3 horas da manhã, já são onze horas, ainda não me lavei, não mijei, não caguei, não tomei café da manhã! Estou irritada, e acho que esse serviço é uma porcaria de primeira categoria! Além do mais, esse cara aí só faz pergunta imbecil e não me trata! Estou começando a me irritar, é isso! Eu perdi o

papel com a data, já faz mais de três meses que estou com esse gesso, e gostaria de tomar um banho de verdade! Vamos lá? A gente tira ou não tira essa coisa que me irrita tanto?

Ele mandou trazer a serra e, sem piscar, tirou o treco! Quando as duas partes se separaram e que meu braço se liberou, o fedor exalado fez com que o médico desse um salto pra trás! Constatação: eu simplesmente estava com um começo de gangrena! Aí, né, todo mundo me deu mais atenção. Como é que uma coisa dessas podia acontecer? Uh, lá-lá, a gente tem que dar queixa, senão...

– Olhe, a única coisa que eu quero é uma receita pra comprar os remédios, o resto, pouco me importa.

Fui pra casa.

Quando cheguei em casa, abri o envelope do banco e quase caí com tamanha surpresa! Era um milagre! Era isso, tá? Um milagre! Os bancos no Brasil pareciam a administração soviética! E o que estava acontecendo só podia ser, pensava eu, um presente vindo do céu! Eu li e reli. Dei pra Nívea ler, depois passei para o Carlos, que também leu.

– Você vendeu teu carro? – perguntou Nívea.

– Oxe, não! Olha, não compreendo de jeito nenhum.

– Você roubou alguém? – perguntou Nívea.

– Vai pro inferno, vai! Não sou você, neguinha, tá? A ladra de nós sempre foi tu! Não, eu não roubo tá?

– Então, de onde vem essa soma? – perguntou Carlos.

– Porra, você também? Não sei, juro que não sei!

– Mas como é que esses 60 mil cruzeiros foram parar na tua conta? – perguntou Nívea.

– Olha, Nívea, eu não sei te dizer!

Não, eu não tinha roubado; a verdade é que alguém no banco cometeu um grave erro, e creditou na minha conta justamente o dinheiro que eu estava precisando pra ir embora! Pra Paris!

Há coisas estranhas que acontecem na vida e a gente não sabe por que, mas é como se fossem inevitáveis. Que o banco se engane, tudo bem, mas justo naquele momento? Hum... Porque na minha conta? Incrível!

Para saber e ter a certeza de que tudo não passava de um simples erro, fui ao banco na mesma hora e pedi mil cruzeiros, com a cara mais natural do mundo.

Ninguém disse nada, mandaram-me esperar. Me trouxeram o dinheiro, me despedi respeitosamente e fui embora. Quando cheguei em casa, joguei o dinheiro em todo lugar, grintando, berrando:

– Paris, Paris, até que enfim, estou chegando!

No aeroporto vieram se despedir de mim minha irmã, a Fafá Bocão, o filho dela, meu sobrinho, e o novo cara com quem ela estava morando, além de Nívea, Carlos e Mané.

– Você vai voltar, meu amor? – perguntou Mané.

– Claro que sim! – respondi.

– Você me perdoa? Ainda me ama?

– Mas claro que sim, te amo...

E lá fui eu, com a cabeça cheia de sonhos, com essa vontade exacerbada de que a felicidade exista em algum lugar no nosso planeta e que temos que ser nós mesmos que devemos procurá-la.

SEGUNDA PARTE

Paris, 1979

Assim que chegou a Paris, Elisa começou a frequentar os pontos em que os travestis se prostituíam na praça Pigalle e logo tomou gosto pela sua nova profissão.

Ninguém no Brasil saberia que ela era travesti na França e que dali em diante não seria obrigada a pagar um homem para fazer sexo. Ia ser o contrário: era ela que seria paga!

Logo, escreveu para os amigos dizendo que em Paris os homossexuais não precisavam pagar para ter um homem na cama.

– Ai, minha filha! Aqui a gente se veste de mulher e ganha dinheiro, tá?

Foi assim que o filho do juiz estreou a vida de cafetina proxeneta na rua Duperré, no coração da famosa praça Pigalle, um lugar quente onde tinha de tudo!

Cinco anos depois, todos o conheciam como Elisa, a Rainha de Pigalle. Ela tinha conquistado Paris. Todavia, continuava a dizer aos parentes, mamãe e papai queridos, que "os estudos" tinham dado certo, pois agora ele era "advogado" em Paris. Que ganhava muito dinheiro! Elisa mandou muito dinheiro para o Brasil, a ponto de construir uma mansão no Leblon, no Rio de Janeiro. Papai estava feliz, seu filho querido não tinha seguido o caminho errado. E a mãe de Elisa se tornou a mulher mais feliz do mundo: seu filho tinha calado a boca do marido!

Certo, Elisa tinha tido muito tempo para fazer os estudos, só que não foi na Sorbonne, *non*, foi na praça Pigalle que ela construiu o seu império com unhas e dentes!

Travestis brasileiros, portugueses, árabes, espanhóis, argentinos e franceses, e também as prostitutas, todos estavam sob o comando de Elisa. E aí daquele que desobedecesse. Muitos já tinham pagado caro por tê-la desafiado.

Não só todo esse mundo, mas também o alto banditismo estava sob as ordens de Elisa. Os policiais vinham comer na mão dela. Quando um estrangeiro faltava com suas obrigações, um simples telefonema era suficiente para que fosse expulso do território francês.

Elisa, como seu pai, gostava do poder, e o poder também gostava dela. Ninguém tocava na Elisa – estou falando das autoridades francesas.

Elisa, hum... adorava tudo o que brilhava: ouro, diamantes; rubis, esmeraldas e, além de tudo, muito dinheiro! E pra ter tudo isso ela não recuava diante de nada. Prova disso, foi o roubo a famosa joalheria do boulevard Haussmann: mais de 3 milhões de francos (um milhão e trezentos mil reais, aproximadamente), vários braceletes rodeados de diamantes hipercaros.

Com a ajuda do homem dela, um certo Carlos, bandido muito conhecido e perigoso, ela cometeu um assalto na Espanha. Só que na hora de dividir o roubo, ela preferiu denunciá-lo à polícia espanhola; ele foi para a cadeia e ela veio para Paris esnobar ainda mais com os pertences dos outros. Com tanto dinheiro, Elisa inovou nas cirurgias plásticas: só não pôde trocar os pés nem as mãos, o resto passou todo no bisturi.

Elisa, depois da transformação, começou a fazer filmes... pornográficos. Nos filmes ela era bem ele. Sodomizava homens e mulheres, pouco importava. Ela não conhecia mais seus limites.

E como ela gostava de sexo sem limites! Não fazia a menor diferença entre um cliente e um adolescente de 15 anos que tinha se perdido na rua Duperré. Depois de ter "enfeitiçado" o garotinho, ela o convenceu a ir para a cama. O garoto teve medo quando viu que a "mulher" tinha tal engenho no meio das pernas. Ele chorou, se debateu, mas Elisa, no meio da excitação, continuou seu ato sem respeitar o pobre adolescente curioso.

A REJEITADA

Os parentes deram queixa. Houve um julgamento. Sem muita importância, ela nem condenada foi... Viva Paris! E eu que pensava que a palavra corrupção só existia no Brasil, ah, tá bom!

Quanto a mim, a pequenina orfã de Garanhuns, nascida em Palmeira dos Índios, com apenas 18 anos, eu estava por aí, desembarcando em Madrid. Morena clara, com olhos amendoados verdes-marrons, dependendo do sol, vestida com simplicidade para não atrair a atenção dos outros, a cabeça cheia de sonhos e sem medo de nada, só pensava numa coisa: voltar a estudar. Católica, amando Jesus mais que tudo no mundo, pensava que nada poderia me acontecer!

Ah! Que pena! Se o regime militar não fosse tão constrangedor, eu teria ficado no Brasil. Como gostaria que tudo fosse diferente! Teríamos que esperar uns cem anos para isso, pensava eu.

Com meu livrinho de francês na mão, não pensava em outra coisa: ler, aprender a falar francês para me adaptar melhor na França.

Desci em Madrid. A viagem me pareceu longa e cansativa; era a primeira vez que eu pegava um avião. Comprei um bilhete de trem de segunda classe para economizar dinheiro, pois não tinha muito, e achava engraçado viajar de trem, me lembrava as marias-fumaças do Nordeste. As pessoas se vestiam como no Nordeste, e essa gente falava quase a mesma língua que eu!

No meio da viagem veio o controlador, disse-me *buenos dias, señorita dê cá teu passaporte*. Eu dei, ele olhou minha foto, depois olhou para mim e me mandou segui-lo. Eu fiz isso. Levou-me para uma cabine de controle, fechou a porta, perguntou porque eu não tinha visto. Porque ninguém colocou ainda, eu disse.

Levantou, jogou-me contra a parede e começou a tirar minha calça.

– *¿Es un hombre o una mujer?!* – ele me perguntou.

Juntando a palavra ao gesto, ele enfiou a mão no meio das minhas pernas. Procurou e não achou nada!

– *¿Donde está?*

– Não compreendo, senhor, o que queres comigo? – disse eu, tentando me controlar.
– ¿La cosa, donde está la cosa? – disse ele, com raiva.
– Ah, disse eu, está à procura de um sexo? *Yo no tengo o que procuras.*
Ele disse um monte de palavras que até hoje eu não consegui descobrir o que queria dizer. Tirou minha roupa e me possuiu na mesa, em dois segundos. Devolveu-me o passaporte e me mandou embora.
– É só? Mais alguma coisa? não?Obrigada , senhor...
Voltei para o meu assento como se nada tivesse acontecido. Mais um abuso de poder! Compreendi que a sem-vergonhice não existia só no Brasil, ela é UNIVERSAL!
Desci na estação de trem Austerlitz sem saber para onde me dirigir. Tinha escutado muita coisa sobre a praça Pigalle. Os hotéis eram baratos e talvez eu conseguisse encontrar algumas pessoas que tinha conhecido no Brasil.
Uma vez no metrô, tentei perguntar às pessoas que passavam se poderiam me informar onde ficava Pigalle. Todo mundo me olhava com uma careta esquisita. Vixe maria! Tinha muita gente correndo pra tudo quanto era lado, pareciam formigas.
Um rapaz, enfim, tentou me ajudar e me disse gestualmente qual era o metrô que eu tinha que pegar. Conversinha vai, conversinha vem, ele acabou me convidando para tomar um café. Claro que sim! Depois deu um beijo na minha bochecha e foi embora.
Cheguei na praça Pigalle às 11 horas da manhã. Tudo estava fechado: bares, boates e *sex shops*. Era a primeira vez que eu via tudo isso! E pensei logo em Deus: Virgem Maria! Acho que aqui é o inferno. Quase ninguém no boulevard de Clichy! A não ser uma alma perdida que estava me seguindo desde que eu tinha saído do metrô. Chegou perto e balbuciou uma palavra:
– *Combien?*
Peguei o dicionário para ver o que ele tinha dito. Ah, tá bom: "quanto...". Nívea tinha me avisado. Era preciso ter muita atenção

com certos homens árabes. Eles roubam, usam de violência e cortam o rosto das "quengas".
Como eu já estava quase sem dinheiro, o senhor quengueiro me propôs que o seguisse e acabei aceitando. Fui, como uma pata choca. Andei e andei, ai, ai! Estava com calos nos pés de tanto seguir o desgraçado! Vinte minutos mais tarde, chegamos a um hotel meio lá, meio cá. Ele baratinou algumas palavras a uma espanhola na portaria, ela deu-lhe a chave, e lá fui eu toda envergonhada. Que coisa horrível, ter que se entregar a alguém quando não existe nem amor, nem desejo, só repugnância...
Subimos cinco andares e, uma vez dentro do quarto, ele se jogou em cima de mim, com gula, quase com desespero, parecia um preso foragido. Eu tentava ganhar tempo. Com gestos, explicava-lhe que tinha que me lavar. Não tinha banheiro. Tive que dar um jeito, numa pia velha caindo os pedaços. E ele me chamava:
– *Viens, viens!*
Quanto mais eu olhava para a cara dele, mais vontade tinha de sair correndo pelas escadas abaixo! Que coisa feia, imunda!
Quando cheguei à cama, toda "fresquinha" e cheirando bem, ele me agarrou e começou a me folhear impacientemente. Não achando o que queria, parou, me olhou com um ar de desgosto e disse:
– *Ou?* – ou seja, onde está?
Fiz mímica, perguntando o que era, e ele mostrou suas partes genitais.
Disse que não... que infelizmente, para ele, eu não tinha o que ele queria. Ele ficou furioso, se vestiu e saiu batendo a porta. Vai com as pulgas, vai! – pensei.
Fiquei aliviada! Enfim ia poder dormir um pouco. Já fazia dois dias que não dormia. Estava esgotada. Caí dura, dormi umas três horas. O interfone do quarto tocou. Respondi e escutei uma voz espanhola do outro lado.
– *Tiene que traer tu pasaporte para registrarte* – me dizia a ratuína.

Respondi:
– *Si, si!*
Mandei ela ir raspar os pelos da bunda e dormi de novo. Não sei quanto tempo. Bateram na porta, fui abrir. Era a gordinha e a patroa do hotel.

Olhando-me como se eu fosse Satanás em pessoa, ela pediu o passaporte. Eu dei. Ela leu e imediatamente gritou:
– *Fuera! Fuera de aquí, sino llamo a la polícia!*
– Que passa, senhora? Que passa? – disse eu, querendo me explicar.
– *Anda, sino llamo a la polícia, anda!*
E elas ficaram paradas na frente do quarto, esperando que eu me arrumasse. Pega de surpresa, fiquei um pouco desorientada. Caí na escada, quebrei o salto da minha sandália vermelha, enverguei o pé e tive uma entorse. Puta que pariu! Não era possível: cheguei com a clavícula quebrada e ainda quase quebrei minha perna por causa daquela cafetina. Quando cheguei lá embaixo mancando e com dor, olhei para ela com raiva e disse:
– Sua estúpida!
Voltei pelo mesmo caminho que tinha ido. Cheguei à rua... Duperré! Toda desarrumada, com os cabelos... uh, lá-lá, mancando, com as sandálias sem saltos – um que quebrou, o outro eu quebrei – o braço esquerdo colado contra o meu seio, e pálida, não tinha comido nada! Francamente, parecia uma verdadeira esmoleira!

Oh, estava animada, a rua! Puxa, fiquei de boca aberta: nunca tinha visto aquilo na minha vida: velhas putas vestidas vulgarmente, umas alinhadas como pedaços de carne pendurados no açougue. E eu reconheci alguém que tinha salvo muitas vezes das mãos dos militares. Era a "Condessa", uma beleza de fazer ciúme à Ana Hickmann. E eu a conhecia muito bem! Ao seu lado estava um monte de "criaturas" umas mais exuberantes que as outras: cinta-liga, espartilho, corpete, mas eles estavam quase nus, em pleno dia, crianças passavam na calçada, freiras também, e elas abaixavam as cabeças para não ver o espetáculo. Puxa, pensei, a polícia francesa não é laxista? Se fosse no Brasil já estariam todos na cadeia!

A REJEITADA

Perto da Condessa havia uma morena de 1,60 m com saltos altos, cabelos curtos, nua, debaixo de um casaco de pele. Brincos de ouro, colar de diamantes, pulseiras de rubi, toda maquiada, parecia um carro roubado. Assim que cheguei perto da Condessa, ela me deu tal olhadela que quase perguntei se ela queria minha foto. No momento em que eu disse: bom dia à Condessa, ela me deu uma esculachada.

– Não me confunda com "pé rapado", eu fiquei até com pena.
– Te juro que eu não a conheço – se defendeu Condessa, covardemente. Aí a morena toda poderosa virou-se para mim e disse:
– Você não tem nada para fazer aqui, escutou? Se eu pegar você aqui de novo, mando você ser expulsa do país!

Expliquei a ela que eu só queria achar um hotelzinho barato para poder deitar minha carcaça cansada, só isso!

– Vá ver lá em cima, na rua Fonteine, talvez eles tenham esse quartinho para você, escutou? *Va-t'en!*

Olha, ela me conhecia mal, hein? A rua não era dela, de onde tinha saído aquela coisa para querer me botar para correr no meu primeiro dia em Paris?

– Desculpa-me, mas você é dona da rua? Se é, mostra para mim teu título de propriedade, pode ser?

A Condessa chegou perto de mim e pediu para eu deixar para lá, ela me veria mais tarde, em outro lugar, não podia falar comigo naquele momento.

– Vocês se conhecem? – perguntou a moreninha, a baixinha, querendo dar uma de boazuda!

– Olha, Elisa, eu não tinha me lembrado, eu a conheço, sim, é uma pessoa gentil, simpática, deixa ela, tá? Por favor...

– Tudo bem, tá? Mas continuo a te dizer: não quero te ver por aqui perturbando minhas "meninas", *OK?*

– Tudo bem, chefe, tô indo!

Não era preciso ter vários diplomas para compreender que a morena tinha todo mundo debaixo dos seus chinelos! Acho que ela não sabia que todo poder um dia ou outro cai! Puf!

Subi até a rua Fontaine, cheguei à praça Blanche, entrei no bar e pedi um café com leite, depois de ter verificado que o dinheiro que me restava daria para pagar, lógico. Como tinha de sobra, pedi também um *croissant*.

E começou a chegar um monte de gente que eu conhecia, parecia que todas tinham marcado encontro naquele bar. E com todas eu tinha dividido cela! E entrou Pimenta, a cópia perfeita da Naomi Campbell, com uma bondade de fazer religioso ficar com ciúme.

– Claudia! Gritou Pimenta! Ela colocou a mão na boca, como se tivesse dito uma besteira. Em seguida, deu uma olhada ao redor e me perguntou quanto tempo fazia que eu tinha chegado.

– Cheguei hoje! Pimenta, você sabe onde posso achar um hotel. Não pode ser caro, tá? Estou quase sem dinheiro, dependendo do preço posso aguentar a barra uns três dias...

Pimenta pagou meu café, o *croissant*, deu-me cem francos e mandou-me ir à rua Lepic, perto do Moulin Rouge; lá eles tinham quartos baratos.

– A gente se vê mais tarde, lá no *boulevard* – disse-me Pimenta, mostrando-me onde era.

Ela me mostrou um restaurante e disse para eu ir jantar com ela à noite. Quase chorei de alegria!

– A gente conversa melhor no restaurante. Nós não temos o direito de falar com brasileiras que chegam assim, é proibido... Você viu a morena que mandou você ir embora? Ela se chama Elisa, e é ela que comanda toda a área...

Assim, o filho do juiz, a Rainha de Pigalle, era Elisa.

– Claudia, quer um conselho de amiga? Não fique por aqui, não, tá? Fica do outro lado e ninguém vai te perturbar. Diz-me uma coisa, o que é que tu tá fazendo aqui? Você largou tudo para vir para cá fazer o quê?

– Pimenta, aqui tem médicos, bons médicos, eu quero saber o que eles podem fazer por mim...

– Mas, pra quê? Para ser como todo mundo?

– Não, Pimenta, para ser eu, só eu! Vocês são vocês, mas e eu? Eu quero ser eu, cem por cento, eu não quero ficar nos oitenta por cento, Pimenta! Quero ser completa, Pimenta, compreende?

Sempre sonhei que tinha uma solução para me fazer feliz, sempre tive essa voz no fundo de mim, que me disse:

– Você vai conseguir, você vai conseguir.

Depois que Pimenta foi embora, entrou Cassandra. Ela tinha mudado, mas eu a reconheci na hora. Era uma criatura soberba, com olhos azuis, 1,68, uma cabeleira magnífica, uma dentição perfeita, com curvas dignas de uma miss universo e atributos sexuais dos quais até Rocco Siffredi teria inveja!

Eu quis comprimentá-la, mas ela me disse:

– *Je ne te connais pas* – ou seja, não te conheço!

E me virou as costas. Eu fiquei sem fala, de boca aberta. Eta Jesus, que coisa, hein!

Nunca gostei muito desse meio, mas as criaturas, eu não conseguia detestá-las, conhecia muito bem seus problemas, suas tristezas, seus combates para sobreviver, e, também, a gente tinha um passado em comum. Onde eu sempre fui diferente também, no lado da prostituição, sempre a odiei! Para mim, o amor, o ato sexual, não deveria ser trocado por dinheiro, o amor é um dom divino, não um comércio vulgar! Mas eu não nasci com colher de ouro na boca, e, enquanto esperava que as coisas mudassem, eu também tinha que passar por aquilo.

Eu tirei um pacote de cigarro da bolsa, de uma marca bem brasileira. Acendi um cigarro, dei um trago, e quando a fumaça passou perto das narinas delicadas de Cassandra, ela veio correndo me implorar um. Dei-lhe um cigarro acompanhado de um belo sermão!

Consegui um quarto de quinta categoria, paguei dois dias adiantados, tomei uma bela ducha, uh, lá-lá, estava realmente precisando me lavar! E caí dura na cama; dormi longamente.

Quando acordei, fui procurar Pimenta, já era de noite e o boulevard de Clichy estava cheio de gente: curiosos, prostitutas, proxenetas e clientes. Cada metro era demarcado: ninguém tinha o direito de invadir o território do outro. Encontrei Pimenta, fomos jantar um "osso buco com espaguete" e tomei meu primeiro copo de vinho Bordeaux.

Antes de nos separar, Pimenta me disse que Rachel deveria ter um quarto mais barato para mim, eu tinha que ir vê-la um pouco mais adiante.

E entrando nesse grande *boulevard* como uma alma perdida, uma cadela sem dono, um homem, elegante, de boa aparência, com muita gentileza me perguntou se eu queria sair com ele. Para ir para cama a linguagem é mundial: duas palavras resumem tudo:

– Quer foder? – pergunta o cliente.

– Quero! – responde a funcionária do sexo.

O rapaz, de aparência gentil, bem-educado, era da Cabília. Esse lugar fica na Argélia. Os cabilas formam um povo muito parecido com os brasileiros. Aliás, alguns nordestinos têm parentesco com eles, porque os árabes invadiram Portugal e se estabeleceram lá durante setecentos anos. Daí vem a facilidade na utilização da faca: tudo vai na faca, é um tal de corta, corta! Eles cortam a cara das mulheres e degolam os reféns sem fazer diferença alguma com os carneiros.

E o gentil Cabílio ainda não tinha perdido esse hábito macabro, pois, assim que a gente fechou a porta do quarto, ele puxou uma facona, com a lâmina bem amolada, encostou-a na minha goela, e me mandou o sabugo! Sem piedade, em todas as posições. Descobri o que era o *Kama Sutra* com grande violência.

Ele me estuprou durante três horas! Eu implorei ao céu, a Deus, ao filho dele, mas ninguém veio me tirar daquela situação; eu pedi para ele parar com aquilo, e quanto mais eu implorava, mais ele ficava excitado. Minhas carnes estavam em sangue puro. Que meu pai biológico tinha me abandonado eu até que aceitava, mas que Jesus me abandonasse eu não poderia compreender. Porque Ele me deixava sofrer tanto daquele jeito? Qual foi o pecado que cometi para passar por todas aquelas provações?

– Senhor, porque admite tal coisa, porque nunca me tiraste das garras desses infames? Quando veio o primeiro eu só tinha 4 anos, Senhor! E se tu não existe, é porque não vês nada! Eu te odeio, como odeio o homem que me fez! Onde estás? Tu és um covarde! Você é uma pura invenção masculina! E se tu existe mesmo, então, tu és um sádico e eu gostaria de te encontrar pra vomitar dentro da tua boca, porque fizeste o homem à tua imagem!

Enquanto eu chorava, ele gemia de prazer, gritava, o monstro imundo. Quando ele terminou sua tarefa imunda, colocou a faca na mesinha, me esquecendo por alguns segundos. Ele fechou os olhos, aí eu agarrei os testiculos dele com toda a minha força e peguei a faca. Ele deu um grito, mas não era um grito de orgasmo, era o grito de uma besta humana, que sofria de dor, de medo.

– Torturaste-me, não foi? Agora chegou a minha vez, tu vai me pagar muito caro!

– Não! Não, isso não, *s'il te plaît* – chorava ele.

– *Moi partir, compris? Moi partir* – eu dizia. – Quero ir embora, compreendeu? Senão, corto teu saco, escutou, filho de uma puta?

– *Oui, toi partir, oui, oui...*

– OK, *moi partir, ou paff*! Corto... – e mostrava o gesto de arrancar o pinto dele.

Ele chorou, ficou branco. Pediu perdão. O pintão virou pintinho... me deu dó. Ele ficou tão chocado que nem conseguia falar.

Eu compreendi que podia deixá-lo em paz. Não era tão perigoso e tão violento como parecia. Nós nos vestimos, ele me acompanhou até na rua. Eu devolvi a faca a ele. Uma viatura de polícia passou, eu chamei os policiais. O árabe disse não sei o que, eles pediram meu passaporte, olharam, deram risada e foram embora. A França era mesmo o país dos direitos humanos? Achei que não era muito diferente do meu país...

Voltei para o hotel, pedi um pouco de sal ao porteiro, entrei no meu quarto e lavei minhas partes genitais afetadas...

Dormi pensando em mamãe.

Um mês se passou e eu já estava morando no mesmo hotel que Rachel. O aluguel era caríssimo, o lugar tinha como proprietários uma grande família de mafiosos "Corse", que dominava bares, boates, tráfico de drogas, e o proxenetismo. Como a "magrela" tinha sido encarcerada, era o filho, Dedé, que continuava a manobrar os "negócios".

Como o primeiro imóvel, na frente do *boulevard* de Clichy, tinha sido lacrado pela polícia, Dedé continuou a explorar o imóvel de trás, alugando os quartinhos imundos, sem luz nem água, cheios de baratas, a todas as pessoas rejeitadas, como eu, e por uma soma exorbitante: o equivalente a R$ 1.700 reais por mês! Estávamos em 1979, e a França não tinha inflação!

Sempre fui uma pessoa que gosta de fazer amor – se vocês preferem, sexo! Nunca fui e não serei assexuada! Tenho desejo como todo animal humano. Mas, por trauma infantil, a prostituição sempre foi o ato que eu mais execrei na vida! E deitar com um cliente, realmente, nunca me deu prazer. Pelo contrário!

E era por isso que eu tinha dificuldade para pagar, onde quer que morasse, meus aluguéis. Não tendo tido uma verdadeira infância, em Paris eu aproveitava para me divertir. O dinheiro ganho não tão facilmente, como muitos pensam, eu gastava em: jogar fliperama, ir ao cinema, comprar livros, fazer visitas aos monumentos, etc.

O açougue era mantido só por travestis portugueses e Helena, a gordinha engraçada, muito gentil e conhecedora do lugar, me deu umas aulinhas sobre os costumes parisienses da prostituição.

– A rua Duperré é o quarteirão dos "brasileiros", com sua eminente Rainha Elisa, aureolada pela praga portuguesa – explicava-me Helena. – Da esquina até aqui somos nós, os portugueses; daqui para baixo são os veadões árabes; lá mais embaixo ainda, são os monstrinhos franceses. Cinco metros depois do correio, ficam as putinhas: são todas misturadas. Elas têm medo da bicharada portuguesa. Tu não tens o direito de ficar nesses lugares. Tens que te virar. Fique esperto com a "Carla", ela é foda! Não hesita em tirar a lâmina e mandar ver: todo mundo tem medo dela! Outra coisa: tem um cara que se chama Christian, português, vem sempre aqui buscar dinheiro para mandar para os amigos dele que estão na cadeia. Esse cara não vale nada! Tenha cuidado com ele! Nunca aceite um cigarro dele, senão está ferrada: ele te forçará a trabalhar para ele.

Aii!! *Mama mia!*

– Só isso, nada mais? – perguntei à Helena.

– Ah não! Tem mais: aqui na França tu não tens o direito de morar com um homem quando trabalhas como puta: o cara risca mais de cinco anos de cadeia! Também não podes ficar mais de vinte minutos com os clientes.

– Oh, Helena, não seria mais fácil me dizer a que eu tenho direito? Porque, francamente, tenho a impressão que aqui é pior que no Brasil, quando deveria ser o contrário: a DITADURA ficou lá do outro lado do Oceano, pelo amor de Deus, Helena! Tenha Santa Paciência!

Muitas vezes, a gente deveria escutar certos conselhos. Por que eu não escutei, Helena. E quando fui ver a Carla pedi um cigarro e foi o Christian que me deu. Eu não deveria ter aceitado de jeito nenhum. Ou será que eu gostava do risco?

Não só aceitei o cigarro como fui badalar com ele lá no bar da rua do Duperré. Aquele filho de uma velha puta excomungada fez questão de me exibir para todos como sua "mulher". E quem foi que eu vi, hein? Elisa, com umas bandas de gaze no rosto – parecia uma múmia.

– Tudo bem, madame? – perguntei, lembrando o outro dia.

– Porque a gente se conhece mesmo? – ela com aquele ar de alguém que olha um monte de merda na calçada.

– Você já me esqueceu? Ah, mas eu não esqueci a senhora não, tá?

– Hã? Não, não me lembro – disse ela.

Arrumou uma banda de gaze; queria ir embora.

Christian, sentindo que a coisa não ia bem, se interpôs na conversa, cumprimentando Elisa etc, etc.

– Olha – disse Elisa a Christian –, você vai ter que "cuidar" bem da tua protegida.
– Deixa pra lá "Lisa", tu me conhece! Tá tudo bem.

Quando a gente voltou para o hotel ele começou a me beijar, me acariciar. Eu não quis nada porque ele tinha bigode e eu detesto homem de bigode, porque me faz lembrar meu padrasto. E também não queria ser a "protegida" de nenhum cafetão desgraçado e preguiçoso!

Christian me esbofeteou, me beijou e disse que uma "garota" como eu precisava de proteção por causa das bichas, das putas, dos cafetões e da polícia.

– É assim, tá? Você vai trabalhar para mim. Durante sete horas o teu trabalho servirá para pagar o hotel, a comida, o cigarro, minha proteção, meu amor: o que tu ganhares acima de mil francos tu podes guardar pra ti, compreendeste?

Eu disse para ele ir tomar naquele lugar, ir foder a mãe dele, pirocar o ânus do pai dele, que meu corpo era meu e eu fazia o que queria, menos me prostituir para sustentar um filho da puta de um português!

– Tá pensando que eu sou o quê, hein? Não sou negra não, cara, teus ancestrais escravizaram os pretos, mas isso foi há quinhentos anos, eu não nasci para ser escrava da prostituição, droga!

Ele me bateu! E colocou um revólver na minha cabeça...

– Quer você queira ou não, a partir de agora vai trabalhar para mim! Ou eu mato você, te corto em pedacinhos e jogo teu corpo no Bois de Boulogne, compreende ou não?

– Pode matar, vai? Tá esperando o quê? Acha que eu estou preocupada? Vai se foder! Porra, Christian, eu SOU ALAGOANA, cara, mata agora, porque senão sou eu que te castro assim que puder, escutaste? Vai, mata, covarde!

Dei a cara para ele bater. Helena, que tinha escutado tudo, bateu na porta do quarto, ele abriu, ela entrou e se sentou na beira da cama. Eu fiquei pelada, mostrei a Christian porque eu tinha vindo a Paris.

A REJEITADA

Tá vendo, tá? Tá vendo isso aqui? Dois centímetros! Tá vendo mais embaixo? Me falta também uma abertura completa! Você acha que eu tenho medo de morrer? Tô pouco ligando, eu vim aqui achar um médico que possa terminar o que a natureza não terminou, eu preciso de dinheiro para isso, Christian, não para te dar. Eu vim estudar, Christian, não vim para ser puta! Esse momento vai passar, eu não tenho prazer de foder por dinheiro, isso não me excita, compreende? Então, não sonha que eu vou fazer o que queres, nunca!

Helena conversou com ele, acalmou-o. E ele decidiu que eu tinha que lhe pagar cinco mil francos se quisesse me livrar dele. Se não lhe desse esse dinheiro, ele me mutilaria.

Acordo concluído. Tá *OK*... vamos ver.

Helena me aconselhou a pagar. Mas, como? Eu não tinha dinheiro, poxa! Mas o azar faz bem às coisas, porque eu encontrei o Fernando, que não era proxeneta, que tinha vindo visitar Helena. O amante dela estava na cadeia e Fernando vinha buscar dinheiro para o cara. Eu paquerei Fernando, ele ficou apaixonado por mim. Eu lhe contei que Christian tinha me ameaçado:

– Tu tem que lhe dar cinco mil francos?!

Fernando não tinha nada de Reynaldo Gianecchini: com 28 anos já tinha uma barrigona e era banguelo.

Para beijá-lo, eu tinha que me esforçar; não que ele fosse feio, feio não, é que ele não tinha nada de atraente. Como já estava cansada de esperar uma ajuda do céu, acabei pedindo ajuda a Maria Padilha. Prometi que se ela me livrasse de Christian eu lhe ofereceria champanhe, cigarro, rosas e um galo preto que eu mesma sangraria na encruzilhada. Ela tinha que me ajudar!

E lá fui eu, meia noite, fazer minha macumbinha, sob as broncas de Helena. Você é louca de fazer uma coisa dessas aqui em Paris?!

Depositei sete rosas vermelhas, acendi sete velas vermelhas, e dei a metade de uma garrafa de *champanhe*.

Certeza que o treco ia pegar eu não tinha! Mas que o negócio me deu coragem, isso deu, tá?

Fernando roubava carro num lugar super chique de Paris, a avenida Foch; lá só mora milionário!
– O que é que eu tenho que fazer? – perguntei.
Nada, respondeu o parvo. Era só ficar perto dele, beijá-lo enquanto ele arrombava a porta do carro escolhido, só isso.
– Ah... tá bom!
E lá fui eu de novo! Ele tinha observado uma super Mercedes, toda nova. Parou o carro dele um pouco mais à frente, me deu as chaves e fomos lá roubar o carro!
Fernando aproveitava a situação e metia uma língua de trinta centímetros no fundo da minha garganta, quase me sufocava!, Seus dedos ágeis de ladrão abriram a porta da Mercedes. Um carro de polícia passou perto de nós, aí Fernando aproveitou mais ainda! Era o preço a pagar se eu quisesse me liberar do Christian.
Conduzi o seu carro, ele a Mercedes, a qual ele escondeu não sei onde. Ele deveria vir buscá-la um pouco mais tarde. Maquiada, ela seguiria seu caminho, não o das Índias, mas de Portugal!
E meu dinheiro, hein? Ah, eu só o teria quando o carro fosse vendido! Merda! E o Christian? Ah, eu vou falar com ele, ele é português como eu, ele vai aceitar.
Voltei para a esquina, sob os olhos de Christian. Que nunca vinha sozinho, mas em companhia de três caras, do meio do banditismo.
Ele chagava e me revistava completamente. Se tivesse cinco francos ele colocava no bolso, me xingava e ia embora.
Decidi atacar! Toda vez que um cliente parava perto de mim e perguntava quanto eu queria para ir pra cama, eu respondia:
– São cinco mil francos! E não chupo, não dou a boceta nem o cu! Não gosto de foder; quer?
Os "michês" me chamavam de louca.
– Vai embora, sua piranha! *Vai embora!* Cinco mil francos!
Fernando pagava minha comida, pagava a diária e isso durou quinze dias, até eu me enervar completamente! Se eu não tomasse

uma decisão, nunca sairia daquela porcaria de situação, tinha que arranjar um truque!

Tinha um tira que adorava falar comigo depois que tinha me levado ao posto de polícia. Era o chefe! Feio, tinha um bafo de vinho e cigarro misturado que me dava até nojo! Mas, como ele me paquerava, eu aceitei dar umazinha com ele. Mulher é foda, né? Contei tudo para o policial! Que tinha um proxeneta, e contei chorando, tá?! Uma verdadeira novela da Globo. Disse que ele estava me chantageando etc. O bafo de onça ficou furioso! E armou uma armadilha para pegar o safado do "português"!

O policial, junto com sua equipe, me deu cinco mil francos: eu tinha que entregá-los a Christian no fim da noite.

– Olhe aqui, você faz de conta que leva os clientes para o quarto, que dentro do quarto você se vira. Christian vai pensar que você tá ganhando dinheiro, assim ele vai vir pegar o dinheiro; e é aí que a gente entra em ação, tá bom? – disse o policial.

Para mim estava mais do que bom! Eu estava topando tudo, o que queria era me livrar daquele vira-lata!

Como combinado, Christian chegou e já veio pegando na minha bolsa.

– Ah, hoje você já deve ter meu dinheiro, né! Trabalhou muito nesses dias, deve ter dinheiro aí, vamos lá...

Eu não disse nada. Na hora que ele começou a contar as notas, apareceu um monte de policiais: foi pego com a mão no saco!

Ele e os capangas foram presos e condenados a uns dez aninhos de prisão! Livrei-me da coisa, até que enfim! E aproveitei para mandar o Fernando ir chupar pau de grego, vai, merda!

Festa Nacional, o famoso 14 de julho em Paris, é aquela festona! Se dança, se come, se dá, come-se de quem quer dar, dá-se para quem quer comer. Eu jogava fliperama, e olhava, entre uma bola e outra, as pessoas que passavam na rua. Todo mundo com ar feliz e eu fiquei pensando na minha infância e na minha casa, no meu Brasil. Já era 10 horas da noite. Enquanto as outras tentavam ganhar dinheiro, eu me divertia. Não tinha família para mandar dinheiro, nem mãe, nem pai, ninguém, então, eu me divertia. O desfile da Legião da Honra já tinha terminado havia muito tempo. Os legionários passeavam no *boulevard* de Clichy, em grupo, espiando os *sex shops* à procura de uma garota de programa.

Um deles parecia ser duas gotas de água, parecia com "o homem do fundo do mar". Ai, ai, eu era louca de tesão por ele, e quando vi sua cópia na minha frente, eu me disse, você vai para cama com ele!

Saí do bar e lhe dei um sorrizão que o deixou todo descontrolado. Ele voltou meia hora depois, me ofereceu um copo, jogamos fliperama juntos e às 3 horas da manhã estávamos na cama. Ternura, carinho e beijos quentes, foi assim toda a minha noite com o Frédéric. Ele não tinha nada a ver com o bruto do meu primeiro dia em Paris. E quando a gente acredita no amor, ele chega. E ele bateu na minha porta...

Não precisamos de conversa nem de explicações inúteis. Ele vinha uma vez por semana de Lorient, na Bretanha, oeste da França, me levava para casa dos pais todos os fins de semana. Eu estava tão apaixonada que sequer me preocupava com o Mané, que não parava de me escrever: ele tinha arranjado um trabalho, tinha alugado um apartamento lindo e continuava a me amar; ele me esperava. Mas eu já tinha esquecido o coitado. O francês tinha conquistado meu coração e tudo que vai com ele.

Helena, sempre boa conselheira voltou a me alertar:

– Olha, você não pode desfilar desse jeito com Fred, um dia desses ele vai para a prisão por causa de você, hein?

– Tudo bem, oh!

Uma semana depois eu tinha alugado um quarto fora de Pigalle pra que ninguém nos visse quando ele vinha ter comigo. Mais tarde, aluguei um apartamento, a fim de viver meu grande amor. Não queria colocar a liberdade de Fred em perigo. Ele era o homem da minha vida com quem eu pensava em viver eternamente.

Eu dividia esse puro fantasma coletivo que é pensar que a gente vai viver com um homem só, pro resto da nossa vida. Ilusão bem humana! Sonho incerto! Que pretensão de querer dominar a felicidade, não é? Mas espere pra ver o que está escondido por trás de tudo isso, vejam minha procura pela felicidade, esse sonho de um amor eterno igual ao do católico alcoólatra que crê que Deus virá à Terra julgar os mortos e os vivos!

Quando me instalei no hotel, "eles", as "criaturas", as "rejeitadas", precisavam de uma manicure e de uma esteticista que não custasse caro. Uma costureira também os ajudaria muito! Eu seria tudo isso, ao mesmo tempo, e até conselheira: quando elas tinham um problema, como eu falava bem francês, elas me pediam conselho. As pessoas que frequentavam o local eram médicos, advogados, empresários de alto nível e pessoas letradas. Eu me instruí! Com a ajuda de amigos do meio médico, comprei uma máquina revolucionária que me permitia praticar a depilação dita definitiva, pois a máquina era elétrica. Era um novo emprego que eu exercia no meu novo apartamento... só voltei ao *boulevard* de Clichy para avisar aos outros o que fazia.

E todas as noites eu estava livre para ir dançar, me divertir, coisa que nunca tive o poder de fazer antes. Frequentava a mais conhecida boate de Paris, o Palace. E quando dançava parecia que tinha "o diablo no corpo". Os homens ficavam seduzidos. Certas mulheres estúpidas eram ciumentas, algumas bichas me chamavam de sem-vergonha e abusada, mas eu estava pouco ligando! Eu sonhei tanto com a verdadeira liberdade que ia aproveitá-la muito bem.

Fred chegava da Bretanha e nós ficávamos juntos dois dias: sexta e sábado. No domingo, lá pelas 6 horas da tarde ele ia embora. Fora Fred, ninguém mais tocava no meu corpo. Sempre fui fiel se não fosse chifruda. Isso não queria dizer que eu recusava o contato verbal e amical com outros homens. Até jantar na casa de alguns eu ia, como na casa de um médico muito conhecido na época em Paris, que sempre me convidava para animar um pouco as festas no seu ostentoso apartamento na avenida Foch, uma da mais caras de Paris.

Quando cheguei ao seu "apto", fiquei de queixo caído. Nunca tinha visto aquilo antes na minha vidinha: cocaína! Óleo de maconha, ópio! Cachorro lambedor de mulheres grã-finas, chiquérrimas...

Oh! Senhor Jesus Cristo Redentor, mas onde estava eu? Parecia um quadro de Dante! Meu caro médico me exibiu a todos, como se eu fosse mais uma peça rara que teria que ser vista absolutamente por tudo quanto era burguesia de merda! Eu não posso me impedir de lembrar o que dizia minha mãe:

– *Quando um filho espancar sua mãe, quando uma mulher transar com um cachorro, quando um pai deflorar sua própria filha, isso quer dizer que o fim do mundo está próximo...*

O médico me colocou um cigarro embebido de óleo de maconha nos meus lábios.

– Experimente – disse ele, com muita naturalidade.

Dei uma tragada. Puta que pariu, hein! Caramba! O que era aquilo, meu Deus? Não senti mais as minhas pernas, comecei a transpirar muito forte, as gotas caíam como se em cima da minha cabeça alguém tivesse aberto uma torneira! Comecei a vomitar, a tremer, de todos meus buracos do corpo saía água, meu coração acelerou, pensei que ia ter um infarto! Tinha que ir embora, custasse o que custasse! O médico me levou até embaixo da casa dele – se tiver que morrer, né, vai morrer longe daqui, ele deve ter pensado!

Saí correndo, chorando, e tive a impressão de deixar o inferno. Dentro do "meu" carro me deitei e jurei que nunca mais na minha existência iria, mesmo só para provar, colocar uma substância ilícita na minha goela!

Apesar de ter deixado a prostituição, ia de vez em quando ver a Pimenta, que me contava sempre o que estava acontecendo no meio das "coleguinhas". Diziam que a Elisa tinha mandado expulsar a Condessa, que já estava preparando a vingança. Criticavam-me: agora eu tinha carro, casaco de pele, boas roupas, comia nos melhores restaurantes, era esnobe e que me achava uma francesa, estava sempre elegante e perfumada.

– Olha, tão dizendo que você gasta muito dinheiro! Que você deveria mandar um pouco para o Brasil!

Respondia-lhe que minha família não precisava de mim, eu não pensava em voltar para o Brasil. Gostava, antes de tudo, da democracia, palavra que a Pimenta não conhecia, ela, que acreditava que o papa era realmente um santo homem, que ele não comia como nós, que a comida dele vinha do céu e que era Deus Todo-Poderoso que lhe mandava sua comida. E eu, eu que blasfemava, ia queimar nas profundezas do inferno.

Mas, antes de ir pro inferno, tinha muitas coisas para descobrir e eu estava pouco ligando para onde iria meu cadáver, um simples pedaço de carne à espera da putrefação depois da morte. De toda maneira, no inferno eu já estava desde que nasci. O Brasil era manipulado pelo Vaticano e os Militares! O presidente da República era escolhido entre eles e o povo morria de fome e só tinha o direito de ficar calado! Enquanto que na França eram as pessoas que escolhiam o seu presidente.

– Isso, Pimenta – dizia eu –, é democracia.

– E, né, mas tua "dimucrachia" não impediu os policiais de matar o bandido Jacques Mesrine em pleno centro de Paris sem prevenir ninguém – respondeu Pimenta.

– Matar um bandido, que rouba e tortura, não é a mesma coisa que fazem os militares, que matam crianças abandonadas e que não têm nem o que comer, ora, Pimenta! Nunca, Pimenta, que vou me bater pelo Brasil que nunca fez nada por mim quando era criança. Vivia na França e em pouco tempo estava pronta a lhe dar minha própria vida, foi aqui que achei a verdadeira LIBERDADE, a vontade de viver! A liberdade, Pimenta, não é só dinheiro, mas o sentimento profundo de que há uma justiça para todos, sem distinção de raça, de sexo, ou de cor. E não é no Brasil, Pimenta, que a gente pode viver desse jeito. Lembra-te como as pessoas ainda tratam vocês, os pretos? Como escravos! E já fazia quase um século que a Princesa Izabel vos desescravizou, mas os "cus brancos" ainda olham para vocês como se estivessem com as correntes nas canelas! Que diabo! Se você gosta tanto do teu país, porque não volta para lá, hein? Porque tu sabes que não é possível! Não somente tu és preta, mas és também o que a sociedade, hipocritamente, detesta acima de tudo: um travesti! Aliás, ninguém nem sabe o que tu és! Olha, de toda maneira, se você quiser viver escondida, é problema teu, eu quero viver como TODO MUNDO, não como um morcego que só sai ao escurecer!

Na realidade, mesmo em Paris, Pimenta era vista com desprezo pelas pessoas "normais". Mesmo em Paris ela tinha a barba que crescia no outro dia. E Pimenta era muito linda, mais linda que 4 milhões de mulheres no mundo. E os seus pelinhos desgraçados, eu estava me ocupando deles. Logo ela estaria lisinha como a bunda de um recém-nascido. E para o bandido, ser assassinado no centro de Paris era muito melhor do que apodrecer na cadeia. Virgem Maria, espero que uma coisa dessas nunca aconteça comigo, não poderia suportar as grades! Gosto muito da minha Liberdade. E eu fazia o sinal da cruz, pensando que isso me protegeria.

E por que eu iria para a prisão? Eu, que era incapaz de matar uma mosca? É pecado matar. Deus disse:

– Tu não matarás!

Mas ele deixou matarem o próprio filho...

Nem a galinha que eu tinha prometido a Maria Padilha eu consegui degolar. Sabia que estava lhe devendo isso, mas não tinha coragem. Estava devendo porque ela tinha me livrado do Christian, não tinha? O cafetão português que estava na cadeia.

Pimenta se benzeu! Aí, Claudia, olha, Maria Padilha é esposa de Satanás, tá? Se cuida, um dia ela vai te cobrar, meu Deus!

Já fazia alguns meses que eu tinha chegado a Paris e já a adorava. Tinha o sentimento de sempre ter vivido aqui.

Tinha comprado meu carro. Meu casaco de pele comprei na avenida dos *Champs-Élysées* – me custou uns quarentas mil francos.

– Você é louca – me falavam as colegas despeitadas –, você faria melhor se mandasse todo esse dinheiro para o Brasil!

– Ora, me deixem em paz, pelo amor da Santa! Que frescura é essa que tenho que mandar dinheiro para o Brasil! Puxa, vou acabar não vindo mais ver ninguém, estou na França, e aqui a gente faz o que quiser. *Voila*!

Sempre gostei de fazer esporte, adoro correr, e quando corro tenho a sensação de que o mundo me pertence! Que sou livre como o vento, leve como uma pluma. Mas não ia mais correr sozinha nos bosques, comprei um pastor alemão. O Onyx. Era lindo e um bom guarda-costas. A qualquer hora da noite eu podia ir correr com o Onyx...

Numa noite, eu estava me arrumando no *boulevard* de Batignols, local um pouco mais afastado de Pigalle, quando uma mercedes parou e um homem lindo e elegante me dirigiu a palavra. Os seus olhos eram azuis como o mar. Disse-lhe *"bonsoir"* sem pensar em outra coisa e falando com meu "cachorro" como todas as burguesas que não têm nada mais para fazer na vida a não ser observar seus cachorros cagando, para ver se a merda é dura ou mole... Mas eu era uma burguesa... pelo menos na aparência: tinha tudo de primeira. Casaco de pele, carro novo, maquiagem Yves Saint Laurent, chanel, bolsa da melhor marca. E boas maneiras também... só mudava quando alguém pisava no meu calo: virava alagoana na hora! Alagoana, canibal e cangaceira!

O homem em questão trabalhava para um dos mais famosos cantores franceses, Johnny Hallyday, e foi com ele que eu descobri o mundo fascinante do *show business*! Ele precisava de uma *"escort girl"* que o acompanhasse, precisava ser bonitinha, bem-educada e elegante. Respondi que eu não era puta! Ele me explicou que não tinha nada a ver com sexo. Três mil francos só para estar ao seu lado. Como Frédéric só chegava na sexta-feira, eu aceitei e... opa! Lá estava eu conhecendo a noite de Paris dentro de um carro lindo de morrer! Descobri os melhores restaurantes. Uma noite, eu anunciei que não poderia acompanhá-lo, tinha que ver Fred – que não sabia de nada, lógico!

O francês não apreciou. Tentou me comprar com dinheiro, dizendo que me pagava o dobro porque justamente naquela noite ele precisava mais do que nunca da minha preciosa presença. Se tinha aceitado esse compromisso, no começo, foi também para poder aprender mais rápido a língua francesa. Só que teve uma noite em que a gente bebeu muito champanhe e ele ficou comigo, quer dizer, dormiu na minha cama. Como diz o ditado, "cú de bêbado não tem dono". A gente deu uma fodinha, só uma, hein, e o cara gamou! E aproveitou para me dizer que eu tinha que acabar meu "namoro" com meu amorzinho adorado que era o Fred!

A gente estava em casa e ele jogou 6 mil francos em cima da cama. Jogou na minha cara que, de toda maneira, eu era uma putinha e que ele comprava o que queria, até eu! Fiquei nervosa. Um monte de imagens e palavras escureceram meu cérebro. Via meu padrasto dizendo que minha mãe era uma... etc. etc... não gostei do que escutei, joguei o dinheiro na cara dele e respondi que era para ele colocar os restaurantes, as roupas que me dava, e todo o resto no olho da bunda dele, e que ele fosse pra puta que tinha parido ele.

– Oxe, vai comprar tua mãe, seu jegue estúpido!

E como a gente já tinha chegado a um ponto, era melhor ele ir embora porque meu Fred deveria chegar.

– Vai embora e nunca mais me procure, tá bom?

Ele me pegou pelo braço e me deu uma bofetada. Eu caí na cama e quando levantei já não era a mesma: peguei uma faca e ameacei cortar o seu saco se ele voltasse a me aborrecer! Ele ficou tão branco... saiu correndo sem sequer pegar o dinheiro de volta.

Numa noite, Nívea me telefonou para dizer que queria vir para Paris. Ela não suportava mais Carlos, o advogado podre. Ele tinha transado com outra etc... ela queria vir para Paris, mas não tinha dinheiro.

Mandei-lhe o necessário para ela poder vir para Paris. Dois meses depois, Nívea veio. Mas eu disse pra ela que aqui ela não podia roubar ninguém, senão ela riscava a guilhotina! Seria uma besteira "perder a cabeça" em Paris, né?

Além do mais, eu ganhava dinheiro suficiente para nós duas. Tinha uma dezena de "criaturas" que vinha se depilar comigo e a vida era bela! Estava todo mundo feliz: eu cobrava menos que o médico judeu da praça Pigalle, com quem eu aprendi a fazer depilação elétrica e que já tinha me jogado uma indireta. Era injusto o que ele fazia: cobrava 300 francos por uma hora de depilação, enquanto eu cobrava só 150! Desbaratinei-o respondendo que só fazia isso nas

minhas amiguinhas. Que mentirosa! Eu fazia em quem quisesse! E em quem pagasse, também!
    Quanto a me prostituir, c'est fini! Acabou! Não era meu forte, não desejo ficar parada numa esquina esperando que um homem venha me propor uma foda por dinheiro, não! Não nasci para isso, deixava esse "emprego" para quem gostava, para quem se sentia bem e para quem não podia fazer outra coisa.
    Nívea começou a encher minha paciência por que queria "trabalhar" – tinha que trabalhar, pois a mãe dela, espécie de cafetina exploradora do filho, estava precisando fazer uma cirurgia dos olhos e não tinha dinheiro!
    Nívea não conhecia 33 maneiras de ganhar a vida. Prevenia-a que ela deveria ter cuidado e não ir ao Bosque de Boulogne, porque era muito perigoso! E era verdade, não tinha coisa pior que as bichonas parisienses – tinham umas caras que dava mais vontade de vomitar que de foder! E sem esquecer que alguém sempre achava uma cabeça cortada no meio dos matos! Sem contar, também, que essas pragas aí diziam para os clientes que eram "brasileiros". E todo mundo só falava nisso: qualquer putanato no bosque, que fosse bicha, era brasileira! Mesmo os turistas vinham ao Bosque pensando que estavam passeando na nossa maravilhosa Amazônia! E quando a gente dizia que era brasileira, as mariconas descaradas perguntavam:
    – Quantos centímetros tu tens no meio das pernas?
    Como Nívea não podia ir ao bosque de Boulogne, eu mostrei para ela o outro, que se chama bosque de Vincennes.
    – Mas, olha, te levo outro dia, porque hoje tem um concurso no Palace dos seios mais bonitos, eu vou ter que ir, tá? Vamos nos divertir!
    Estando em Paris há quase um ano, e indo todos os dias à boate dançar, todo mundo me conhecia. E eu era tão feliz, mas tão feliz, poxa! Na verdade, nunca tinha me sentido tão alegre! Mas ainda chorava quando pensava em mamãe: gostaria tanto que ela ainda estivesse viva. E compreendia a Nívea por querer sempre ajudar a

sua. Nem todo tempo sabe quem é seu pai, mas não temos nenhuma duvida de quem é nossa mãe, porque mãe só temos uma.

Desaprovava-a também, achava que a mãe dela poderia muito bem se virar sozinha! E muitas vezes não concordava com Nívea: sempre achei que pobre não deveria ter filhos! Ter uma ninhada de filhos para virarem prostitutas ou ladrões não é nada católico, na verdade, é caótico! Mesmo Nívea se recusando a admitir, sua mãe a tinha expulsado de casa, não é? Mas quando ela soube que o filho ganhava dinheiro dando a bunda, aí ela não se incomodava em ir buscar o dinheiro sujo que o filho lhe dava! Era por isso que sempre fui tranquila, não tinha ninguém me pedindo ajuda!

– Você não gosta da minha mãe, não é? – dizia Nívea

Não era que eu não gostava dela, mas ela me dava nojo: ela não se questionou quando colocou na rua o filho ao descobrir que ele era homo – um travesti à beira do transexualismo! Uma mãe nunca deveria humilhar e desproteger um ser a quem ela deu a vida.

Para mudar de assunto, Nívea me perguntou como era que ela ia conseguir o visto no passaporte dela a cada três meses. Respondi que isso não era nenhum problema, eu já conhecia muita gente nas fronteiras e a levaria quando fosse necessário. Toda vez que passava na aduana era o mesmo circo: fazia como certos políticos... prometia, mas nunca dava o que eles queriam.

– Puxa, Claudia, como você mudou, meu Deus!

Nossa discussão não nos impediu de ir ao Palace. Eu disse que tinha que ser a mais bonita do baile. Coloquei meu vestido mais bonito, meu chapéu, minhas luvas de renda... eu parecia uma virgem pronta para se casar.

Enquanto eu dançava, Nívea ficava parada sem saber o que fazer. Peguei-a pelo braço, trouxe-a para dançar também e mostrei-lhe uma "maricona" gordinha, como o Carlos. Ela quase me esbofetou! Seu Carlos era muito mais bonito que aquele hipopótamo.

Expliquei-lhe que o hipopótamo era um juiz do Palácio da Justiça de Paris e que adorava as "bichinhas" como ela: dotada de um bom calibre. Eram os boatos que corriam! O juiz só gostava de bicha bem feminina, mas com uma piroca grande!

– Olha, como você é nova aqui, vai ao banheiro, ele vai te seguir, vai ver o que tu tens e pronto! Tu já faz um cliente, sua tonta!

– Mas ele é casado? – perguntou Nívea.

– Claro que sim, é como no Brasil: eles são casados, mas isso não os impede de tomar no trazeiro quando coça, minha filha! O mundo está cheio de homens hipócritas: casam-se, certo, mas gostam de homens. Isso é universal, minha querida. Eu é que não gostaria de estar no lugar das mulheres deles, desses machos falsos!

Nívea voltou pouco tempo depois e me pediu pra traduzir o que o juiz queria.

– Ele quer que você vá à casa dele!

– Ah, não, só vou se você for comigo – disse ela.

Fui, lógico. Chique o apartamento, magnífico! Um luxo dos diabos! Quadros nas paredes. Ele colocou a *Quinta Sinfonia* de Beethoven e foi para o quarto. Quando ele voltou, a gente quase morreu de rir. Vestido de juiz, sem calça e com um chicote na mão: ele queria que Nívea o possuísse dando-lhe porradas... ops! Chicotadas. Até eu ajudei! E com prazer! Dei tanto que ele gritou, o magistrado do Palácio de Justiça da "mais linda cidade do mundo"... hum... o país da democracia!

Nívea, vendo que eu estava indo um pouco longe demais, tirou o chicote da minha mão. Eu fui me lavar, desci e esperei a Nívea na entrada do prédio.

Sexta-feira. Meu lindo legionário chegou às 4 horas da tarde todo doce, carinhoso, apaixonado. A gente quebrou a cama de tanto tesão! Depois, ele foi para o banheiro e deixou o seu casaco de couro na cadeira. Sem querer, eu vi um envelope. Curiosa, tirei e li. O sangue me subiu à cabeça:

– Filho de uma quenga! Quem é essa Patricia, hein?

Fiquei doida! Mas doida mesmo. Eu era fiel, não dava para mais ninguém, e esse safado ficava fodendo com outras, ah, não, isso ia lhe custar caro!

Ele saiu da ducha com a toalha enrolada na cintura e nem teve tempo de se explicar: eu comecei a gritar, a esculhambar, que ele era isso, aquilo. Ele tentou me explicar que não amava a outra, mas eu peguei uma faca... de novo, hein?! E ele teve tanto medo que saiu quase nu do apartamento. Joguei sua roupa pela janela gritando feito uma louca que nunca mais queria vê-lo de novo. Caí na cama e chorei, chorei tanto!

Levei Nívea ao bosque de Vincennes pra inspecionar o lugar. Tinha que achar uma praça pra ela. Não tendo ninguém, ela desceu do carro e eu fiquei a uns cinco metros de distância. Nívea estava com medo de ficar sozinha no primeiro dia. Dez minutos depois, um carro parou, ele disse o preço e foi-se embora com o senhor para dentro do mato. Meia hora mais tarde, ela estava de volta toda contente, dizendo que o cara tinha amado!

No outro dia, deixei ela lá e fui embora para casa. O telefone tocou. Era o Fred.

– Ainda está com raiva, meu amor? – perguntou.

– Estou, e não quero te ver, por enquanto, não tenho mais confiança em ti, você me traiu, Fred, poxa!

Estava mentindo, eu adorava ele, se ele chegasse naquele momento eu me abandonaria nos braços dele sem problema, mas o orgulho é tão grande que a gente nem se toca que esse comportamento é completamente estúpido! Só por princípio, eu não queria dar o braço a torcer: Fred tinha mentido para mim, ele deveria pagar. Ia pagar sim!

Christofer me telefonou também. Perguntou se eu estava sozinha, disse que sim, e que ele podia passar em casa, eu estava esperando. Era um rapaz simpático, bonito e elegante. Não era igual ao Fred, mas, para começo de vingança, ele me serviria...

Me vinguei, só que Chris queria me ver todos os dias! Eu não estava pronta pra assumir um namoro com outra pessoa.

Depositei Nívea no terceiro dia de ponto dela e fui embora. Quando cheguei ao primeiro farol, poucos metros adiante, surgiu um carro não sei de onde, um veadão de 1,80 m desceu e abriu a

porta do meu, não tive tempo nem de dizer "oi". O cara me deu tal coronhada na cabeça que eu quase perdi os sentidos. O sangue começou a escorrer, e ele disse:
– Pega sua amiga e leva para bem longe daqui ou mato você, escutou? Isso é só um aviso, na próxima vez vai ser pior!

E foi embora. Eu fiquei parada, sem fala, sem poder me mexer, estava quase desmaiando quando outro carro parou perto de mim e veio me socorrer.
– A senhorita quer ir à polícia? Eu vi tudo.
Fazer o que na polícia?! Eles não iam fazer nada mesmo!
– Não tem problema, isso não vai ficar assim, mas de jeito nenhum.

Dei meia-volta e fui buscar a Nívea, que deu um gritão quando me viu:
– Ai, meu Deus, o que aconteceu, menina?
– Temos que ir embora daqui, uma bichona me ameaçou se tu continuares aqui. Vai, entra, amanhã eu acerto isso.

Dois dias depois, Pimenta me telefonou para eu conduzi-la à rua Belleville, boca quente, boca de fumo! Ela estava precisando. Despachei-a e fiquei esperando que comprasse sua maconha. Era Pimenta que me pedia, eu não podia lhe negar esse favor. Foi ela que me ajudou, só ela, ninguém mais, então, estava pronta a tudo por ela. Nívea estava comigo. Antes de entrar na casa do "português", ela disse pra gente esperar no bar do outro lado da rua. Ninguém podia entrar assim pela primeira vez na casa do traficante.

Entramos no bar e meus olhos cruzaram com os de um cara. Aiii, meu Deus, que coisa linda! Ele estava jogando fliperama, sozinho. Não que ele fosse tão bonito assim, mas é que ele tinha um charme, um carão, um *quoi*! Não foi tanto o rosto que me atraiu, foram as pernas, fiquei toda toda, já me via no meio delas, a beijá-las. E pensei: "você irá para minha cama, pode ter certeza!". Quando perguntei a Pimenta quem era a fera, ela me disse que ele se chamava Bernard, que eu não tinha a mínima chance, porque ele saía com uma francezinha de 19 anos, loira, de olhos azuis, etc. Fazia um ano que eles fricotavam e que ela ainda morava na casa da mãe dela, que era puta e que trabalhava no bosque de Vincennes. Ele tinha sido seu primeiro homem e ela era capaz de matar por causa dele. Ele não trabalhava, vivia de pequenos roubos e resolvia os problemas de territórios da mãe dela. Só que ele era um filho da puta, macho! Como todos os machos, lógico, ele deve pular a cerca, tenho certeza – pensei.

Fui pra perto do fliperama. Bernard atacava a máquina, dava pontapés quando perdia uma partida, dizia palavras com raiva. Eu, perto dele, dava risada. À espera da minha vez, fui jogar *baby foot* com Nívea, como a gente tinha costume de fazer no Brasil.

Tirei meu casaco. Não tinha sutiã, e debaixo do meu vestido só espartilho e meia finas. Minhas curvas eram bem desenhadas, meus quadris generosos. E toda vez que eu dava uma "mechidinha" eu sentia o olhar de Bernard sobre mim. Abria a boca deixando escapar um pequeno sorriso intimidador. Eu via o velho instinto do caçador se manifestar nele. Só que ele ignorava que a presa, não era eu, mas ele. Já não era aquela ovelhinha cheia de medo de antes, não, eu agora era uma leoa. E como todas as felinas que se prezam, quem caçava agora era eu! E naquele momento eu estava caçando, e minha presa eram os homens! Vocês me fizeram sofrer tanto... Porque teria eu piedade de vocês, me digam? Dê uma única razão para que eu mude de opinião! Aliás, é muito tarde, a máquina infernal da vingança feminina acordou em mim. Eu sou como um velho vulcão adormecido há muitos séculos e que vem acordar, pronto a cuspir suas brasas e destruir tudo no seu caminho. Faça atenção! Diana chegou! Meu olhar é meu arco, minhas flechas são meus seios, e meu corpo o veneno que vos destruirá! Amo-os tanto que os odeio. Agora eu estou pronta pra dar pra vocês o mesmo tratamento! O sexo por o sexo! Farei vocês gozar, mas a uma condição: meu prazer antes dos vossos! E boa sorte, porque vocês vão derramar tantas lágrimas quantas eu já derramei.

Aproximei-me de Bernard: "você ainda vai jogar ou acabou?". Minha voz era suave, quente e sensual como meu corpo que queimava de desejo. Avançava devagarinho, lentamente antes de dar o bote, seios ameaçadores, bunda empinada, cintura fina vem cá meu coração! Sentia que ele estava esquentando, não tirava os olhos de cima de mim.

– Você sabe jogar fliperama?, três viril.

Nívea me jogou uma olhadela três cúmplices. Oh! Que sim, sabia e muito bem! A gente só fazia isso em São Paulo. Pimenta me observava também, preocupada com o que eu estava fazendo. Pisquei o olho para lhe dizer "Tá vendo, o peixe mordeu!".

E mordeu muito bem. Enquanto eu explicava a Bernard que não adiantava dar pontapés na máquina para ganhar (a máquina era como uma mulher, ela gostava de carícias, não de brutalidades!) Pimenta me disse que ela tinha de voltar na casa do português pegar o passaporte que tinha ficado lá. E que o português também carimbava de falso visto por dois mil francos! O quê? Você é louca, Pimenta? Perguntei eu. Poxa, eu te levo em Bruxelas e você só paga a gasolina, mulher, caramba, mas só tem aproveitador nesse país! Dei-lhe uma bronca!

Todos os dias eu ia no bar para ver Bernard. Uma semana mais tarde ele estava na minha cama e francamente não estava com essa bola toda não! Nota 3 de 10 nada mais. Só uma tola poderia achar que ele era o cara na cama.

Mas bom... eu estava precisando dele. Ele deveria achar uma solução para o problema da Nívea e eu queria saber quem tinha sido a coisa que abríra minha cabeça no outro dia no bosque! Sem contar que eu estava também preparando uma surpresa para Fred.

Comecei a frequentá-lo, jantando com ele no "terreiro dele", num bar na frente do Castelo de Vincennes, ele me apresentou a todos os amigos, bom... ao patrão do bar, e a Serge, bonitão, gostosão e solteiro e que de cara simpatizou muito comigo. Mas a amiguinha de Bernard não gostou muito não, a Patrícia, a linda e toda deliciosa loira de olhos azuis, oh, hein? Parecia uma mesa de bater carne! Nenhum forma! Cabelos curtos e quando ela abria a boca perdia toda a atração que alguém poderia ter lhe dado a primeira vista.

Ela quis saber o que ele estava sempre fazendo na minha companhia. Como todo mentiroso que se respeita ele inventou uma historinha, ela acreditou: nós estávamos tratando de *business*! Só que quando ele ficou sabendo que eu tinha passado a noite com Serge, aí rendeu! Foi um pega pra cá, porrada pra lá; hulala! Depois da briga com seu rival, ele quis me bater, aliás, ele me deu uma bolacha! Só uma! O preveni que eu não era francesa nem mulher dele para receber pancadas, se ele levantasse a mão de novo para mim, eu cortava os culhões dele e fazia uma farofa nordestina! Patricia chegou na hora da briga e, compreendendo a situação, teve uma crise de histeria, ai Jesus! Disse que ia estourar meus olhos sujos de brasileira! Eita, eu peguei o braço dela, ela queria me bater, hum, torci e disse-lhe que eu poderia até quebrá-lo, mas como eu não tinha hábito de brigar por causa de um par de ovos ia deixar para lá. Se eu tinha gozado com o homem dela? Claro que sim, mas eu não admitia que ela me tratasse de brasileira suja senão eu ia fazer ela engolir todos seus dentes. E que depois eu entraria meu braço na sua vagina e que eu arrancaria seus ovários!

Quando eu larguei seu braço, ela começou a chorar. O patrão do bar mandou Bernard levá-la para casa. Meia hora depois ele estava de volta, mais calmo, até pediu desculpa a Serge e a mim também.

– Então, como é que é? Negociou um lugar para minha amiga?
– Está tudo bem: ela pode trabalhar na Allée Royal. Passa muitos carros. Isso vai custar dois mil francos por semanas! Todas as sexta-feira no final da noite eu passo para pegar o dinheiro. Como ele me disse. Pega ou larga, é assim.

Virou-se para mim e, bem baixinho na minha orelha disse "estou morrendo de tesão por você. Vamos para casa?".
– Olha... não! Sabe o que você faz, vai foder tua loirinha, ela tá com vontade e está te esperando, ok?

O lugar que ele tinha negociado para Nívea se chama "l'Allée Royale". Nome dado na época em que certas rainhas, reis, etc, não tendo tantas coisas para fazer, passavam o tempo indo e voltando fofocando sob quem ou não cheirava o saco entalcado do rei.

Ao ponto que a gente se via todos os dias no bar em frente ao Castelo na avenida de Paris. Patrícia estava tão apaixonada e quem diz paixão diz cegueira, que não se tocava que eu e Bernard tínhamos um "casinho". De vez em quando eu escutava ela falar:

— Você tem certeza, amor, você me ama? Você não tem nada com ela, não é? Jura?

Ele jurava, lógico, mas a depositava na frente da sua casa e entrava no meu carro logo depois: não, ele não tinha nada comigo, só que sob os olhos dela ele entrava no meu carro, pegava o volante e a gente ia... para minha casa... fazer o quê? Precisava vê-lo, todo machão dentro do carro, só que quando estava na minha cama era tão meigo, gentil e mansinho.

Segunda-feira: sair com Christofer; terça-feira com o Serge: quarta-feira com Jean-Claude, um chodozão de homem; na quinta e metada da sexta-feira com Bernard. Tinha recomeçado com Fred só para dar-lhe uma lição: queria ver o que ele sentiria quando fosse confrontado com a minha surpresinha...

Uma vez que Nívea ficou de acordo com o "aluguel" da praça que ela ocuparia, Bernard nos levou para fazer o reconhecimento do local... e não longe... adivinhe? três metros do lugar onde o bicharão francês abriu a minha cabeça!

Expliquei a Bernard o que tinha acontecido e que não era possível deixar Nívea lá. Ele tinha de arranjar um outro lugar. Fora de questão, disse ele, esse lugar quem dominava era a sogra dele e que ele tinha combinado com ela. Ele ia falar com a pessoa, etc, só que eu tinha uma outra ideia. Eu queria falar com ele, minha cabeça tinha sido lascada, isso não podia ficar desse jeito. Por enquanto eu pastoraria Nívea, era só ele me deixar seu revólver. Conhecendo um pouco minha impulsividade hesitou, mas acabou concordando comigo. Mas para ter um pouco mais de certeza que tudo ia dar certo, ele preferiu ir buscar alguns amigos a fim de raciocinar a falsa "dona" do local.

Do meu esconderijo eu vi, então a "coisa" sair de uma moita, olhar para todos os lados, um carro se aproximou, eles trocaram umas palavras e iúpi, ela entrou. Foram embora. Meu sangue começou a ferver, eu o tinha reconhecido, tinha sido esse boiola sim que tinha me feito mal, safada!

Não me mexia mais, estava hipnotizada, tal uma onça negra confundida com a escuridão, os sentidos em alerta extrema. Um barulhinho de nada me colocava em posição de ataque, tinha a impressão de voltar ao tempo, me sentindo dentro da minha sublime Amazônia, no centro da minha tribo quando os colonizadores descobriram o Brasil: caboclo Sete Flechas, era eu, pronta para a guerra!

Bernard voltou com três colegas, verdadeiros colossos, e me perguntou que deveriam fazer.

– Quero que vocês joguem o carro em cima dela assim que ela voltar. Eu saio do carro nesse momento e resolvo a situação, é tudo! Não a façam mal, eu quero essa aí todinha pra mim, compreenderam?

O cliente parou o carro, meu agressor desceu, puxou as meias calças que tinham descido até os joelhos, guardou o dinheiro na bolsa, deu uma olhadela à esquerda e à direita, e quando levantou os olhos os caras empurraram o carro em cima dele! A carnavalesca caiu para trás, deixando escapar um gritinho "oh! Um assalto".

Não sua bicha discarada, não é um assalto, eu lhe disse, dando-lhe um bom pontapé no saco, isso aqui é pela revolvada que tu me destes, sua coisa imunda!

– Você é louca, eu não te conheço!

– Conhece, conhece sim! Seu veadão! Vai, tira a peruca pra eu ver tua cara de bichona safada! O que é que eu fiz pra tu me bater no outro dia, hein? O que foi que eu fiz, vai diz, sua puta! Enfiei o revólver na boca dele: Eu quero uma explicação, por que você me bateu, diga?

– Eu recebi ordem para colocar vocês pra correr, não é minha culpa, diz ele chorando.

– Ah! Tá vendo, a peroba me conhece, ah, tô vendo... agora você me conhece não é? Olhe aqui, a partir de agora minha amiga vai ficar aqui, se você mexer com ela, eu corto teu saco, tua língua e te mando pra casa do caralho, escutou, sua baitola!
Dei a mão para ele.
– Levanta, não vou te matar não, é pouca coisa para eu dar fim na tua vidinha de merda, tá? Na próxima vez que alguém mandar você violentar um desconhecido, cara, presta atenção, talvez esteja comprando um billhete de entrada para o cemitério, tá bom? Vai embora, vai!

Depois deste dia, Nívea começou a ganhar dinheiro sem que ninguém a ameaçasse.

Serge me pediu para levá-lo em Amsterdam, capital da Holanda, queria ver o irmão que lá estava há muito tempo. Nívea precisava passar a fronteira para bater o visto no passaporte e Pimenta aproveitou e veio conosco. Onyx também veio! Todo esse mundinho dentro de um carrinho Renault 5.

428 quilômetros de risos, de piadas, e muitas recordações familiares. Lembrava-me a primeira vez que tinha fugido de Garanhuns a São Paulo, cantando as músicas de Roberto Carlos, Gal Costa, Chico Buarque, Clara Nunes que adorava todos os cantores dos anos 1970!

Quando o motor pifou no meio da estrada, mandei todo mundo descer, escondemos o cachorro e eu, lógico tive de mostrar as pernas para poder achar uma alma caridosa que pudesse arrumar o carro.

Chegamos em Amsterdam à tarde. Serge conhecia a cidade e levou a gente para visitar o famoso "quartier rouge" o qual eu nunca tinha ouvido falar. Surpresa total! E muito nojo sem admiração: foi minha primeira impressão da Holanda. Ver essas vitrines cheias de mulheres nuas expostas como um boi pendurado no mercado de carne, fiquei decepcionada. Só ficamos uma tarde e uma noite.

Frequentamos quase todas as boates, discotecas, e visitamos lugares onde pessoas compravam drogas e tomavam sob nossos olhares curiosos. Não conhecia essas práticas, além do mais sabendo que dentro do meu país só com um cigarrinho de maconha a gente ia pra cadeia. Não, francamente não gostei. Gostei de duas coisas: a comida e as flores; também da gentileza das pessoas.

Outra coisa também que me deixou aborrecida foi o roubo dos nossos passaportes, nossas malas e tudo que era de valor: meus lindos vestidos!

Nos fomos em 1979... o roubo não tem fronteira, mesmo no primeiro mundo...

Nívea estava com o lugar dela, tudo estava dando certo. Eu tinha dado uma boa correção na bichona, e só me faltava uma coisa: acertar as contas com Fred. Ele ainda guardava as chaves de casa e quando ele me telefonou perguntando se eu queria vê-lo, eu disse sim vem hoje à noite.

Sexta-feira, 19 horas e Bernard está em casa, comigo, na minha cama... música, ambiencia sensual e muito calorosa e tudo acompanhado de beijos, carinhos e deixo vocês imaginarem o resto.

Fred enfiou a chave no buraco da porta, mas por uma vez não pôde abri-la. Ele então tocou a companhia. Mandei Bernard, cheio de suor, abrir a porta fiquei na cama com uma cara de safada, me espreguiçando, passando a mão nos cabelos como quem acabara de subir ao sétimo céu. Bernard perguntou se estava esperando alguém, disse que não. Ele abriu a porta e Fred levou um susto, perguntou se eu estava.

– Quem é querido? eu a Bernard...
– Frédéric, me diz Bernard.
– Diz que estou ocupada, telefono pra ele mais tarde!

Fred foi embora sem dizer nada, frio e indiferente.

Bernard perguntou por que ele ainda vinha em casa, pois se a gente já não tinha mais nada. Pedi-lhe para ir embora, ele não quis, aí eu comecei a chorar. Eu que queria tanto lhe fazer sofrer, quem estava sofrendo era eu e não suportava ficar sem ele. No meio das lágrimas implorei a Bernard de partir. Não tenho certeza de te amar

Bernard, estou confusa, eu preciso de um tempo para pensar, tá? Vai embora pelo amor de Deus, vai.

Minha cabeça estava um verdadeiro campo de batalha: quem amava? Fred, Jean-Claude, Serge, Christofer ou um outro? Não sabia. Duas horas mais tarde o telefone tocou, era Fred que chorava. Eu também chorava, não conseguia falar, claro que eu ainda o amava só que ele também era um homem e como todos os homens era um grande mentiroso e traiçoeiro. Mas ele era tão diferente, tão doce, tão educado, atencioso... ele era diferente... E a maneira de me dizer que meu corpo, meu cheiro, minha pele, meu sotaque lhe faltava. E ele me dizia que ele precisava de mim para viver, eu... eu era o Sol da vida dele!

Pedi-lhe um pouco de tempo. Precisava pensar.

Na mesma noite fui para o Palace, bebi todas junto com Christofer que não parava de me dizer "je t'aime mom amour" e quero ter você pra toda minha vida. De jeito nenhum visto que ele tomava drogas! Eu hein!

Com Jean-Claude tive a oportunidade de viajar, conhecer a família dele, que morava em Deauville, a cidade das Stars..., e com o pai aprendi a jogar "boules" – jogo de bolas de ferro –, sua mãe me ensinou a cozinhar certos pratos franceses-escalope de voeu, boeuf bourguignon etc.; do meu lado ensinei-lhe a fazer a feijoada, bife de panela, nosso suculento arroz, nossa moqueca de peixe... mas além de tudo aprendi que a gente podia ser feliz com pouca coisa: mesmo um começo de amizade me provocava uma imensa felicidade.

Nívea começou a ganhar dinheiro, e um pouco mais que de costume: já mandava um pouco para a mãe, para as irmãs, e quis colocar um pouco de silicone no rosto. Ela queria ser bouchechuda! Era moda parecer com o Povo Mongol!

Ela ficou sabendo que agora Elisa fazia aplicação de silicone e me pediu para ir vê-la...

– Mas tu és besta, hein? Pra quê colocar essa porcaria no rosto, diz?

– Ah, mas é bonito, a gente fica mais com cara de mulher! Mais feminina, Nívea. Leva eu, por favor, você já conhece Elisa, talvez ela vai me fazer um precinho.

Ela, Nívea, minha melhor amiga... pediu tanto para ir ver Elisa, rua Duperré, eu que nunca mais tinha colocado meus pés nessa maldita rua, rua que eu chamava "das portas do inferno".

Pimenta me desaconselhou dizendo que Elisa cobrava muito caro e só colocava um copinho de silicone e que para conseguir o visual desejado tinha de se gastar muito! Leva a Nívea em Bruxelas, lá tem um médico que é muito bom, me disse Pimenta, e muito mais barato!

Por que eu? Por que justamente fui eu que tive de acompanhar Nívea neste encontro? O destino? Hum...

Subimos as escadas do imóvel cruzando as "Criaturas" umas mais siliconadas que outras, as ancas largas, remodeladas à força de agulhadas de silicone pela mão divina da Elisa. Rostos, musculos dos braços, batatonas das pernas, rugas na testas, todas iguais como uma fila de bonecas barbies em exposição nos supermercados.

Chegamos no terceiro andar e fomos recebidas pela própria Rainha que nos disse "bonjour" com aquela mímica risível que lá caraterizava tanto: o eterno sorriso do desprezo e da arrogância por aqueles que ela achava inferior a ela. Para ela a superioridade era a ascenção financeira a qualquer preço: "Eu tenho dois amores, Eu e meu dinheiro!". Era o que todos escutavam da boca de Elisa. E ela adorava expôr sua riqueza, roubada claro, mas que importa! E vai que ela coloca na nossa frente montes de diamantes, esmeralda, pérolas, provavelmente roubados na joalheria do boulevard de Haussmann. Ela tira seu casaco de pele, leopardo, e nos mostra que o silicone faz verdadeiramente milagre: olhe como eu sou LINDA E MARAVILHOSA!

Nívea ficou de boca aberta, babando quando viu tudo isso. Eu não, nunca fiquei impressionada com o que não ganhei com meu suor, e honestamente. Ele conseguiu conquistar a Nívea. Mandou-a

A REJEITADA

tirar a roupa para observar os lugares que ela deveria colocar o precioso líquido.
E olhando pra mim, sempre com esse sorrizinho irritante de alguém que olha uma bosta no chão, disse:
– Parece que as coisas vão bem com você; escutei falar que você está fazendo depilação nas garotas. Tive razão de botar você pra correr daqui quando você chegou, não acha? Em tão pouco tempo você já consegue viver por conta própria; você é inteligente, poxa!
Expliquei-lhe que não era só com isso que eu ganhava minha vida, também costurava e tinha um homem lindo e maravilhoso que me amava e que estava sempre pronto para me ajudar em caso de problemas.
Ela tirou sarro de mim, dizendo que eu estava me enganando porque os homens franceses não tinham coração, que eles amavam as mulheres como amavam os seus cachorros. Era só ver todos esses homens casados e pais de família que vinham se fazer arrombar o "cu" na casa dela com todas as bichas pauzudas que trabalhavam pra ela!
Enquanto colocava o silicone nas nádegas de Nívea, ela apologizava tudo que era ruim sob os homens: eram homossexuais enrustidos, que antes de cortar a piroca tinha comido muitos "cús" de mulçumanos, de portugueses, de brasileiros, de franceses, ingleses, de católicos, protestantes, evangélicos, de budistas, de pai de terreiro, de donos de empresas..., de religiosos, de médicos, de pobres e de ricos..., ela tinha comido tanto "cú" que estava pouco ligando de ter mandado cortá-lo!
Perguntei-lhe se ela não tinha a intenção de um dia parar com tudo e voltar a viver no Brasil agora que ela era tão rica: Você não precisa mais viver de prostituição, não acha? Eu disse.
– Oh! Quê? Eu sou a Rainha de Pigalle, que ela disse indignada, quase com raiva, eu não tenho nenhuma razão para isso, eu não risco nada aqui, todos os policiais me obedecem num bater de dedo.
Nesse momento Nívea deu um grito, Elisa tinha empurrado a grossa agulha atingindo o osso orbital, o sangue começou a escorrer.

Fiquei preocupada, perguntei a Nívea se tudo ia bem e me voltando para Elisa:
— Como assim, os policiais fazem o que você quiser?
— Olha queridinha, o dinheiro compra tudo, mesmo os policiais de Paris. Tá vendo, ontem mesmo tive de ir na delegacia porque um "conard" que acabara de chegar no setor veio aqui no imóvel e levou todas as minhas trabalhadoras: fui lá, fiz meu escândalo habitual e uma hora depois todas estavam de volta, isso é o poder, minha queridinha... eu sou poderosa, e quem atravessar meu caminho, dou lhe fim! Só terá uma Rainha em Pigalle, Eu!
Terminando as injeções, ela recolocou suas joias.
Ela tinha injetado um copinho pequenino de silicone e ela cobrava três mil francos!
Quando a gente chegou na rua, eu disse a Nívea que era muito caro e que de toda maneira ela não precisava destas merdas: seria muita sacanagem da sua parte se ela voltasse a ver a víbora! A essa coisa imunda! Ou ela é louca varrida ou não é humana, se for humana é uma criatura do diabo: espero que um dia ela pague caro por seu egocêntrismo. E espero estar perto quando esse dia chegar, eu disse nervosa! Essa praga não vai levar nada para o túmulo, quando morrer e fica aí dando uma de boazuda! Para mim isso aí nunca foi uma mulher, essa coisa aí é um gângster vestido de mulher, que coisa, Jesus do Céu!
Os jornais anunciam mais um travesti esfaqueado no bosque de boulogne os boatos que correm dizem que foram os homens de Elisa que o mataram. Rezei e implorei para que ela, Elisa, rainha ou não, nunca tivesse a ousadia de querer tentar uma coisa dessa comigo: Ela riscaria de perder a cabeça, como certos "Reis" da França.
— Mas como é que eu vou fazer agora se você não quer vir mais? Nívea muito preocupada.
— Olha, você tem confiança em mim?, Respondi, tenho amigos que são médicos e vou perguntar para eles onde é que eu posso comprar o silicone. Como eu vi ela fazer, oxente, vai ser fácil, é só você ter confiança, tá bom assim. Não tão difícil não, minha filha, é só fazer

com atenção as veias grossas e colocar o líquido entre a derme e a epiderme, tá santinha? Fica tranquila, tudo vai dar certo, e você por cima de tudo vai economizar uma grana e vai poder trazer tua mãe pra qui, aqui será mais fácil para ela se tratar dos olhos, antes de ficar cega definitivamente!

Quinze dias depois da minha pequenina vingança, Fred tinha me telefonado e continuava a me chamar: te amo, Claudia, te amo tanto, preciso te ver custe o que custar, ele dizia. Aceitei de vê-lo, mas no bar em frente ao Castelo de Vincennes. Por quê? Ah, uma nova surpresa que eu queria lhe fazer e tirar certas dúvidas de mim: amo ou não amo; fico ou não fico com ele... that's is the question! Essa é a questão!

Eu não tinha marcado encontro unicamente com Fred, mas a outras pessoas também... como Jean-Claude, Serge, Christofer e Bernard! Claro que Nívea e meu cachorro também estavam comigo.

Frédéric foi o último que chegou e me vendo arrodeada de todos esses machos, além do mais um que ele tinha encontrado no meu quarto, na minha cama, compreendeu imediatamente onde eu que queria chegar.

E eu, muito fiel da minha enorme idiotice entrei num discurso medíocre para me desculpar. Uma vez que todos tinham conhecimento, que eles me desculpassem, mas eu estava perdida nos meus sentimentos; e que ia ser normal que alguns no meio deles ia ter de sofrer. Sofrer, disse eu, também faz parte da vida, não acham?

Fred que estava calmo tomando seu suco de laranja se levantou, pagou a conta dele e disse em voz alta com muita virilidade:

– Talvez tu impressionas teus amiguinhos aí, ok, mas não eu! Tu conheces minha mãe, meu pai, tu sabes onde eu moro, tens meu número de telefone, quando tua máscara acabar, e se tu me amas como eu te amo, se tu sentes minha falta como eu não paro de sentir a tua, podes me ligar, estarei lá pra ti...

Deu aquele silêncio no ar, parecia que estávamos num enterro. Chorando, Fred disse: "Eu te amo, Claudia, até mais, ou a adeus para sempre".

Deu as costas e foi embora. Todo mundo se olhou, eu comecei a chorar todas as minhas lágrimas... que não eram de crocodilos!

Bernard quis me bater, Serge deu risada, Christofer chorou e disse "ne me quitte pas" e Jean-Claude me deu um beijo do lado dizendo que ele já sabia quem eu amava, a gente continuava a ser bons amigos.

Acho que foi Christofer que sofreu mais que os outros: um dia a mãe dele me telefonou para me dizer que ele tinha feito uma overdose de cocaína, estava morto. Fiquei muito triste, mas não podia fazer nada por ele. Ele escolheu o caminho ruim.

Na noite mesmo fui ver Fred, dormi na casa dele, passei a noite mais linda da minha vida.

Quando eu não tinha muitas clientes para depilar, ia fazer uma visitinha a Pimenta no *boulevard de Clichy*. Procurei-a sem achá-la. Entrei no antigo hotel e no meio do corredor escutei barulhos surdos, seguidos de alguns gemidos agudos. No fundo do corredor avistei Pimenta caída no chão dentro do seu quarto e Dedé, o filho da cafetina que estava na cadeia e o qual a mãe denominou gerente, dando-lhe pontapés. Ela não tinha trabalhado muito bem nos últimos dias, então ele pensou que ela estava lhe enganando.

Pimenta jurava que não tinha dinheiro para pagar, mas que ia dar um jeito nas 24 horas. Ele não queria saber de nada, continuava a espancá-la..

– Sua bicha preta vagabunda, gastou a grana com drogas, não é? gritava o porco!

E eu cheguei, pedi-lhe que parasse de batê-la, que eu ia lhe pagar, que me arranjava depois com Pimenta. Ele parou e virou-se para mim perguntando se eu queria levar porradas também. Ele pensava que ia me intimidar com ameaças, é que ele não sabia com quem lidava. Se soubesse bem, teria realmente me escutado, espécie de papel higiênico usado.

Depois do episódio no bosque de Vincennes, eu só andava com: meu revólver, uma bomba lacrimogênea oferecida por um amigo policial e um punhal dentro das botas.

Eu tenho 1,70cm sem saltos, com eles, 1,76cm. Dedé 1,62cm, gordinho, parecendo um porquinho antes de ir para o matadouro, barrigudo e tampinha, um pescoço curto, as bochechas vermelhas de tomador de pinga e uma cara na qual a perversidade e imoralidade elegeram domicílio. Quando estava enraivado não hesitava em apontar um revólver para a cara das meninas, e espancá-las até o sangue sair só porque elas tinham atrasado a diária. Eu já tinha ódio dessa coisa desde meu primeiro dia no hotel, e o que eu ia fazer, ele nunca mais esqueceria. Tinha compreendido que dentro dessa baixaria prostitucional deveria ser dente por dente e combater a violência com mais violência ainda. O respeito, devemos impor e exigir, a qualquer preço. Quando somos honestos não devemos ter medo de nada e mesmo ao preço da nossa vida.

A noite estava quente como as do Rio de Janeiro no verão, dentro do hotel estava uma verdadeira fornalha. A Peruca da Pimenta tinha caído, ela estava na posição fetal se cobrindo o rosto com medo de ser desfigurada. Vendo o monstro dando chutes, me abaixei, peguei a peruca e quando me levantei endureci minha perna direita a transformando numa verdadeira arma de combate. Basculando meu corpo para a esquerda, mandei meu calcanhar entre os dois testículos! Ele gritou, se curvando quase caindo. Aproveitei para dar uma boa "espirrada" de gaz dentro dos olhos. O animal tombou. Pimenta ao lado dele, vomitando sangue e olhando para ele como se tivesse no mundo das nuvens.

– Está vendo, seu cafajeste filho de uma puta, você sabe onde está tua mãe, aquela velha piranha sem caráter nesse momento? Tu sabes, não é? Então me escuta bem: se não quiseres tomar o cafezinho da manhã junto com essa pilantra amanhã de manhã, eu te aconselho a deixar Pimenta em paz, escutaste? Em Paz! Porque eu vou te dizer uma coisa, o cara, eu tenho um amigo inspetor de polícia que vai ficar tão feliz se eu te entrego, porque ele está doido para colocar a mão em cima de ti, podridão humana...

Ele gemeu, tossiu...

– Está doendo? Pergunta pra minha amiga se ela está com dor, vai, veado inconformado! E agora, eu faço o que contigo? Empurro o revólver no teu cú pra ver se é bom, diz? Ah, mas vai que tu gostas de tomar no cú, não é, safada! Vai, responde? Hum, sabe o que vou fazer de ti, vou explodir teus ovinhos de codorna, vou sim, cara! Assim não engendra nunca mais proxenetas da tua espécie como fez tua raça imunda! Não toques nunca mais na Pimenta, ela não é uma cachorra sem dono! Daqui pra frente ou você para ou eu te mando pra atrás das grades pelo resto da tua vida de merda!

Alguns travestis que chegavam das compras correram para ajudar Pimenta. Dedé se levantou, enxugou uma gota de sangue que descia da sua boca. Depois apontou o dedo na direção de Pimenta e disse:

– Não esqueça que você ainda me deve, sua negra pé de chinelo! Os travestis se jogaram em cima dele e deram um monte de golpes com as suas bolsas.

A polícia chegou, as prostitutas, homens e mulheres foram todo mundo parar na delegacia, todo mundo deu queixa contra ele, mais uma, e ficou dito e escrito que ninguém pagaria mais um centavo como aluguel enquanto o processo não chegasse.

Dedé foi condenado pouco tempo depois por agressão, proxenetismo agravado e teve que ir passar um bom tempinho com mamãe, que lhe fazia tanta falta.

Depois deste incidente comecei a ter uma certa reputação. Começaram a me apelidar de a Joana D'Arc Brasileira. Que eu não tinha medo de nada, que era corajosa e que sabia muito bem beijar um homem, e como lhe quebrar a cara quando era necessário.

Só que todo mundo se enganava: eu tinha medo, um medo horrível de perder Frédéric, medo de voltar para o Brasil, medo simplesmente de perder minha LIBERDADE...

Nívea fez vir uma das suas amigas do Brasil, ela parecia muito com Glória Maria, mas com barba. E lógico começou a ser minha cliente.

A REJEITADA

Nívea alugou um apartamento. Agora ela voava com asas próprias, mas estava sempre precisando de mim para levá-la ao bosque de Vincennes. Depositava-a, depois passava no bar, para dar um bondiazinho às pessoas que eu conhecia. Tinha conseguido vir do Japão, hé oui! Do Japão o verdadeiro silicone médical. O da Elisa todo mundo dizia que era industrial. Meu amigo médico deveria ganhar uma boa comissão com esse ouro branco, como nós dizíamos. Eu pagava três mil francos por um litro– quase mil reais. Foi Nívea que me serviu de cobaia pela primeira vez. Foi ela que insistiu que queria o silicone! Só remodelagem ao produto, começou em cima da minha cama. A mãe da Nívea tinha sido enfermeira, Nívea tinha alguns conhecimentos, eu não. Aí tive de começar como ela me dizia: oh, pega a laranja, faz assim com a agulha até você pegar prática. Eu fiz. E fiz na bunda dela depois. Deu certo. Nas cadeiras, deu certo. E foi assim, desse jeitinho que tô falando, né, que minha curta carreira de madame profissional do silicone começou em Paris. Menina! virgem santa, *mari mera dé dios!* Até a Gloglo, sua amiga, quis também! E fiz!

Vendi só na Allée Royal do bosque de Vincennes. Cheia, cheia de gente, mas tanta gente! Os carros com os curiosos circulavam num tremendo vai e vem. Nívea depois de ter acertado com Bernard que ela lhe pagaria dois mil francos a mais e que ele concordou, ele trouxe Gloglo pra trabalhar junto com ele.

Bernard para tentar me recuperar, disse que guardava Onyx com ele, e que o recuperava quando viesse buscar no fim da noite. O cachorro gostava muito de Bernard. E eu gostava do meu cachorro!

Vim buscar o cão, como estava combinado. Só que não achei Bernard, e nem meu cachorro. Fiquei desesperada! Fui na casa da mãe de Bernard. Não tinha ninguém ou não quiseram responder. Fui pra casa, mas não consegui fechar o olho durante toda a noite. Assim que o dia amanheceu fui bater na porta da sua Casa. A mãe dele veio abrir depois foi acordar Bernard. Voltou dizendo que ele dormia ainda. Perguntei-lhe se ela tinha visto o filho dela com um pastor alemão, ela disse que não. Ela voltou acordar o filho. Que cara safado, onde é que ele deixou meu cachorro, espero que ele não o vendeu, eu corto os dedos dele, hein, bom. Estava dentro do meu carro quando Bernard apareceu xingando a mãe, tratando ela com brutalidade, de sem-vergonha, de puta! Que ele tinha trabalhado a noite toda e que ela lhe enchia o saco com essa história de cachorro! Deu um empurrão na mãe! A coitada caiu. Ah não! Filho da puta, vá! Cachorro! Saí do carro e me joguei em cima dele, que ele deveria ter vergonha de injuriar a própria mãe! Poxa Bernard, isso não se faz, cara! Depois me disse que tinha perdido o cachorro! Ele saiu do carro ontem e eu não o vi mais, procurei mais não o achei, te juro!

– Oh, eu volto para o bar, espero você, temos de consertar tudo isso, tá? Te espero, não me enerva senão eu volto aqui e "ça vá chier pour toi, d'accord?".

Depois que eu não queria mais ir pra cama com ele, ele só me aprontava, cara de pau! Uma coisa nos ligava: o contrato da Nívea. Enquanto ela pudesse ganhar a vida dela tranquilamente, tudo ia bem. E ele tinha aprendido a me conhecer, um pouquinho, mas isso já dava para lhe mostrar que comigo ninguém brinca! Outra coisa, ele deveria ter atenção que a polícia estava de olho nele, se ele vacilasse, ele estava frito!

E foi o que aconteceu uma semana depois, em companhia de dois amigos quebraram uma vitrina para roubar casacos de peles. Dois guardas da noite que faziam a ronda viram quando eles arrombaram a loja, flagrante delito, mandou eles diretamente para gaiola, tem gente que nasce besta! E eu perdi meu Onyx, nunca soube o que Bernard fez do meu cachorro.

Sexta-feira à noite na Allé Royal, mesmo sob as árvores o calor podia cozinhar um ovo. Depois do desaparecimento do Onxy, eu tinha jurado que nunca mais compraria um cachorro. Entretanto em um mês, uma maravilha veio derrubar meu coração: chamei-a de Francesa. A partir desse momento a levava para todos os lugares, mesmo quando ia ao banheiro.

A REJEITADA

Francesa passou a ser o bebê que eu não tinha, fazia todos os seus caprichos e existia entre nós uma perfeita fusão. Algumas vezes ela me deixava louca de raiva, ela rasgava todos os litros de silicone seja dentro do quarto seja no carro, não sei o que ela tinha contra o silicone. Aí, claro, e como fazia minha mãe comigo quando eu mijava na cama, eu a punia: esfregava seu focinho no silicone derramado. Ela "chorava", me olhando com aqueles olhinhos bonitinhos, depois colocava as patinhas no nariz e se espalhava no chão como se fosse um tapete. Eu me desmanchava todinha, pegava ela nos meus braços e a cobria de beijos e abraços.

E essa noite, essa sexta-feira, eu corro, depois de ter deixado Nívea e sua amiga no lugar dela seguida de bem pertinho de Francesa latindo, brincando, mordicando minhas pernas. Caio no mato, olho para o céu e vejo a lua cheia a iluminar as árvores, milhões de estrelas me observando e eu penso na minha infância quando ainda acreditava que eram os mortos que se transformavam em Galaxia. Fechava as pálpebras e imaginava minha mãe lá cima, livre e feliz, e quem sabe, talvez fosse ela que depois de todo esse tempo tinha me protegido.

Francesa latiu alto, de uma forma inabitual, e lambeu meu rosto me tirando dos meus pensamentos. Levantei-me, assustada, pega de surpresa, quando uma horda de travestis, prostitutas, cafetões se jogaram em cima de mim. Atordoada, não compreendia, estava sonhando? Não, o grito da cachorra quando eles a jogaram contra uma árvore me acordou! Um cara que eu não conseguia ver o rosto me deu uma coronhada e eu perdi consciência.

Quando voltei a mim estava toda nua, amarrada numa árvore. Era a bichona que me dava bofetadas, me perguntando onde estavam minhas coleguinhas. Francesa acordou também e começou a latir. Uma putanha gritou que não era pra fazer maldade com o cachorro, só com nós.

— Temos de dar uma lição nessas brasileiras que pensam que nosso bosque é a Amazônia delas! Um monte de carros, faróis acesos, iluminavam meu corpo denudado. Esperava que Nívea não vies-

se, que ela visse o que estava acontecendo e desse o fora, avisasse alguém, ela sempre foi inteligente, pensava eu. Duas bichonas tinha achado Gloglo e a trouxeram para perto de mim, me perguntaram:
— Essa também é tua amiga? Onde está a outra? Fala! me perguntou um deles.
— Ela já foi embora com um amigo, eu respondi.
A chefe chegou perto de Gloglo e, com a ajuda dos outros, deixaram ela toda nua, em cima os peitos, embaixo os testículos também. Gloglo me perguntou o que estava acontecendo, tentei responder e fui coberta de porradas! Não podia nem me encurvar, toda amarrada, aguentava, tinha de aguentar! Comecei a vomitar sangue.
— A gente faz o que com elas? Se consultavam os monstrinhos franceses. Alguém respondeu:
— Vamos matá-los, ninguém vai vir atrás deles, essas coisas nem tem família. A gente mata-os e deixamos aí mesmo, vão apodrecer e ninguém vai saber que foi a gente!
"Eu comecei rezar meu "santo amanso que amansou... Mãe, não me abandone, por favor, preciso tanto de ti neste momento, não faz como fez o pai de Jesus, eu não quero salvar ninguém, eu não estou aqui pra isso! Tenho meus próprios problemas, eles que se fodam com os deles! mãe, ninguém nunca me ajudou, porque deveria ser sacrificada, por quê?
Eu tinha de achar uma solução, comecei a tremer, tremer e uma sensação estranha me dominou e eu gritei, gritei tanto que dentro do bosque seguia um eco:
— O que é que vocês querem comigo, digam? Todo mundo se calou, eu continuei: "O que foi que eu fiz pra vocês quererem me matar, digam seus covardes, estão esperando o que, hein, o quê? Vai, faz o que quiser, arranca minhas tripas, minha pele, mas façam rápido, já faz tanto tempo que eu quero morrer que tô pouco ligando, não sou como vocês! Não gosto da minha vida! Mate-me, bando de chacals, mate-me! O que é a morte? Não é nada pra mim, pode me matar, mas deixe minha amiga ir embora!

Uma das prostitutas se aproximou, pegou meu queixo e me disse que ninguém queria e nem ia me matar, talvez me desfigurassem, só...
    A chefe me perguntou como é que a gente tinha vindo parar nesse lugar, quem tinha colocado a gente lá. Eu expliquei, falei de Bernard, que elas conheciam muito bem, disse que as meninas pagavam todas as semanas para poder ficar lá, foi assim que a gente tinha conhecido, que eu não me prostituia, que vinha só para levar e trazer minhas amigas.
    Ao longe uma sirene de polícia veio quebrar o silêncio. Quando os policiais chegaram perto de nós, começaram a rir, a tocar no saco e nos seios de Gloglo. Um outro disse, falando de mim:
– Ei, essa aqui não é homem não, espia lá.
Um outro respondeu: "deve ter sido operada!".
Eu respondi que tinha nascido desse jeito, não era minha culpa. Mandaram as putas nos desamarrar. Fizeram-nos jurar que nunca mais a gente voltaria lá, senão, nós pagaríamos muito caro!
    Tinha sido Nívea que foi no bar e que avisou ao patrão o que estava acontecendo no bosque. Ele mesmo chamou a polícia e pediu para nos livrar das garras das piranhas e das bicharadas!
    Jurei que nunca mais ia procurar lugar para ninguém fazer as vezes de puta, mesmo se fosse minha melhor amiga! Nívea já conhecia muita gente em Paris e seria capaz de se virar sem mim. Foi o que elas fizeram, Gloglo e Nívea foram conquistar outros territórios e se instalaram perto do terreno de tênis: Roland Garros que fica perto do Bosque de Boulogne...

TERCEIRA PARTE

– Nívea, tu me enches a paciência, sabes? Mas que inferno, eu hein! Por que é que você quer de qualquer jeito parecer com aquelas mamães italianas, diz? Você quer que eu te coloque mais um litro de silicone nos quadris? Ah, não! Tenha santa paciência! Vai ficar igual a uma jarra grega, minha filha!

Ela estava pouco ligando com o que eu lhe dizia. Era a moda! Ter as cadeiras largas, a cintura fina, é universalmente feminino! Tudo bem, gostosa! Vou mandar vê! E com a ajuda de Frédéric que tinha voltado para meus braços, nós satisfazíamos a vontade dela.

Como Nívea e Gloglo frenquentavam o bosque de Boulogne, certas pessoas começaram a notar a mudança corporal delas.

– Olha, nega, que linda! Ai, eu também quero ficar que nem você, minha amiga... diz pra mim quem fez o trabalho, diz...

E a imbecil começou a dizer a todas coleguinhas que era sua "melhor amiga" que estava remodelando seu sublime corpo e que o silicone vinha diretamente do Japão e que ele não era industrial como o que Elisa vendia aos outros.

A Nívea, sem saber, estava cavando minha cova, uma cova tão profunda que uma vez dentro eu ia precisar de muita coragem para sair do buraco.

Gloglo também quis se transformar, e lá vou eu de novo! Toma lá, me dá cá! Meti silicone na bicha!

Elisa era a única pessoa em Paris que tinha o monopólio dessa atividade, que além do mais era clandestina, palavras dos próprios policiais de Paris. E ela não estava preparada para dividir esse privilégio com ninguém, mas de jeito nenhum!

Ela tinha dinheiro, muito dinheiro proveniente da prostituição, vendas de drogas e assaltos. Ela tinha o Poder! Este poder vai aumentá-lo quando começar a sair com Christian, que ninguém sabe como, tinha sido liberado da prisão depois de ter passado apenas um ano de cadeia. Se ela tinha se metido com ele, a razão era simples, falavam nos arredores que seu ex-macho que estava para ser liberado da prisão na Espanha, e que ele tinha colocado a cabeça de Elisa a preço. Ela estava com os dias contados.

Ele não tinha me esquecido, eu também não.

No meio das bonecas, só se falavam que eu, Claudia, era a nova especialista das aplicações de silicone. E que também não cobrava muito caro, aquelas que não tinha como pagar indo na casa da Elisa, vinham na minha casa. Eram recebidas com carinho, cafezinho, gentileza e respeito, e escutavam nossas músicas brasileiras; o tempo passava rapidamente.

Um dia no momento em que eu estava siliconisando uma cliente, o telefone tocou e maquinalmente respondi. Era Elisa. Gentilima, cortesã, doce e social. Perguntei-lhe o que poderia fazer por ela.

"Olhe, aqui, Claudia, eu não vou por quatro caminhos: toda Paris só fala de você neste momento que teu silicone é melhor do que o meu, que o meu não é bom e que você não cobra caro como eu! Que história é essa?" gritou ela no aparelho.

Respondi calmamente que não tinha nenhuma história, e como ela acabara de dizer: tudo isso não passava de histórias! Eu não estava fazendo comércio com silicone, eu só fazia isso na minha amiga, na amiga da minha amiga e também na amiga da amiga da amiga dela... Se ele não estava compreendendo, eu estava pouco ligando, e desliguei.

"Oras bolas, pensava eu, ela é quem pra querer me dar ordens, essa coisa castrada! Já recebi muitas ordens na minha vida, tá bom, ta, ah, vai pra puta que pariu..."

O telefone tocou de novo e era Elisa me ordenando de vir vê-la, ela queria esclarecer essa história frente a frente. Sem medo, peguei Nívea e fui vê-la. A Rainha começou a analizar o corpo da Nívea e constatou que ele tinha mudado; ela até me elogiou: poxa, tá linda mesmo, então não é uma legenda; você está bem mesmo, está muito bem feito! E começou um interrogatório digno de um "juiz". Onde é que eu tinha comprado, quem tinha me indicado o endereço, etc. Respondi que isso não era seu problema e que confirmava: não estava ganhando minha vida com isso! Basta! Nívea, a amiga dela são pessoas perto de mim, eu não quero que elas sejam exploradas, você compreendeu ou não? Olha, em todo caso, me desculpe, mas eu não tenho nenhuma obrigação de te dar satisfação!

O telefone dela tocou, ele respondeu e disse que não sei quem poderia vir buscar a geladeira agora, sem problemas. Eu compreendi que eram certos policiais quando ela abriu um cofre cheio de joias, dinheiro e um monte de passaportes. Preparou três envelopes com dinheiro e assim que os tiras chegaram ela os passou a encomenda. Eles perguntaram a ela se ela tinha problemas com o "pessoal" dela. Ela respondeu que não, eles foram embora e nós continuamos nossa agradável conversa.

Fazer os corrompidos vir buscar o dinheiro naquele exato momento ela me dava uma prova que ela era o Poder! Ela quis me mostrar do que ela era capaz. Então era verdade! Muita gente comia na mão dela, porra! Estava fodida mesmo, estava com a merda até o pescoço, caralho! Como era que eu ia fazer agora para sair dessa situação. Tinha de dar um jeitinho. Prometi que não ia mais aceitar as demandas, que ela poderia dormir nas suas duas orelhas sem preocupação.

Ela aceitou, impôs uma condição: se ela viesse a saber que eu tinha recomeçado, ela dava fim na minha vida!

Uma semana se passou e uma amiga de novo, da amiga de não sei quem, me pediu, me implorou pelo amor de Deus, da sua mãe, da minha e toda merda inimaginável para eu colocar um litrinho de silicone nela. Ninguém ficaria sabendo..., ninguém, salvo Elisa!

Lá vou eu de novo no apartamento da rua Duperré, convocada de novo pela Rainha Elisa que fumaçava por tudo quanto era buraco!

— Claudia, você não tem palavras! Você é uma filha de uma puta, você é uma mentirosa! Uma canalha! Você me deu sua palavra e você continua a me desafiar! Ninguém faz o que não deixou fazer!

— Eu? Oxente, porque é que você está dizendo isso? De jeito nenhum, claro que não: não estou trabalhando com isso não, você está enganada, tralalá, tralalá.

Aí apareceu a amiga... da Elisa, a mesma que se fez passar pela amiga da amiga da minha amiga! Fodeu!

Elisa me disse furiosa:

— Te dou vinte e quatro horas para você deixar Paris! Nem um minuto a mais, escutou? Ou eu dou jeito em você, você e suas amigas! Por enquanto te deixo a escolher: você prepara suas coisas, compra seu bilhete e desapareça! Passando essa data, eu não me responsabilizo por o que vai te acontecer... pode ir embora!

Virei para ela e disse:

— É só o que você tem para me dizer? Nada mais? Então tudo bem... vou pensar essa noite e amanhã te dou uma resposta, tchau!

Saindo da casa dela, imediatamente telefonei para todas minhas amigas, para Fred também. Expliquei-lhe o que tinha acabado de escutar: Elisa me dava 24 horas para deixar o território francês; Fred ficou raivoso, indignado e me pediu para guardar minha calma: ele ia dar um jeito nessa situação, ele me amava e não ia permitir que alguém me tocasse!

— Fique calma, querida, se ela te fizer mal eu corto a cabeça dela! tô indo pra Paris, espere por mim, tá bom? Te amo!

Nívea se sentia culpada e só via uma solução: Bruxelas, vai pra lá, deixa passar a raiva dela e depois você vem... Êpá, se eu fugir, isso quer dizer que ela vai apavorar ainda mais outras pessoas! Não, isso tem de acabar: eu não saí do Brasil, fugindo daqueles desgraçados

dos militares para vir ter de fugir de um veado safado que se acha o dono do mundo! Mas que ela vá pra puta que pariu, disse e tá dito! Não fugi, nasci em Palmeiras dos Índios! Eu sou uma guerreira! Minhas origens não me permitem uma coisa dessa, mais nunca! A gente só morre uma vez, se tiver de morrer, então vai ser essa! Quem viver, verá!

E desafiei-a: fui no bosque de boulogne e levantei um litro de silicone no ar, a bicharada queria saber, ver o ouro transparente! Todo mundo queria marcar uma consulta! Eu disse, bem alto: quem quiser silicone eu aplico, não por três mil francos, mas por apenas mil! Vejam com a Nívea, ele sabe onde eu estou!

Estava consciente que tinha declarado guerra a Elisa, que importância? Que a melhor ganhe!

No outro dia o telefone não parava de tocar: eu quero, eu quero, eu quero! Poxa todas queriam. De novo o telefone... era Elisa. Uma voz que tentava impressionar, intimidar, fazer medo! E como as religiões: com medo do inferno, todo mundo acaba acreditando em Deus. Elisa não era Deus, nem mesmo o diabo... e eu já estava escaldada de tudo isso:

– Vai esvaziar teu saco... quer o que comigo?

– Quero sua cabeça! Onde você estiver, mesmo no Brasil, eu dou fim em você, escutou?

– Oh, estou tremendo de medo, sabe? Porra, você não tem vergonha nessa cara plastificada não, diz? Oh, você cortou o pinto pra quê? Pra ser mais homem ainda? Acanha-te, minha amiga, não és coronel não, hein! Você acha que basta você estralar o dedo pra todo mundo ter medo de você? Olha, cara, vou te dizer uma coisa: manda me matar, mas não me erras, porque sou eu que te como viva, te sangro, bebo até a última gota do teu sangue, e sou até capaz de tirar teu coro e colocá-lo no meu banheiro pra poder ter o prazer de te pisar em cima cada vez que for cagar, escutou? Então vai tomar no cu! Vai comer a bunda velha do teu pai, e vai chupar a boceta da tua mãe, seu filho de uma família degenerada!

Três dias se passaram. Eram dez e meia da noite. Bateram na porta do pequeno apartamento onde eu morava. Terceiro andar. Nívea estava em casa, Gloglo também. Do outro lado da porta alguém perguntou a Gloglo se eu estava em casa, ela disse que sim e eu fui ver quem era. Abri primeiro o trinco de segurança e dei de cara com três homens armados até os dentes. Tentaram entrar, eu bloquei a porta, Nívea chamou a polícia, gritando ao telefone que alguém tinha vindo me assassinar. Forçaram a porta, eu tinha-a fechado muito bem e tinha corrido para atrás do muro, pensando que eles poderiam atirar por detrás da porta. Eles estavam ao ponto de arrombar a porta quando escutamos a sirene de polícia. Eles tiveram medo e escaparam. A polícia entrou em casa, eu estava pálida, em suor, as mãos no rosto, dizendo que não era possível, ela queria mesmo me matar. E agora? Tinha brincado com o fogo, o pior é que não sabia como apagá-lo. Estava ferrada! Tinha tido o tempo de ver quem eram os homens: um deles era Christian. Compreendi até que enfim que estava realmente em perigo de morte, minha porta quase arrombada era a prova!

Os policiais pegaram nosso depoimento, me deixaram uma cópia e foram embora, eu devia passar na delegacia no outro dia de manhã para depor na frente do delegado.

Foram embora... mas pra casa da Elisa! Porque uma hora depois ela estava de novo ao telefone me dizendo que não valia a pena ter chamado os tiras; eles eram amigos dela, eles tinham lhe contado o que tinha se passado. Ela dava risada, se prevalecendo que tinha pago TRINTA MIL FRANCOS se alguém achasse minha cabeça cortada no meio do bosque. Não era nem questão que fosse embora, expulsada, não: ela queria minha cabeça!

Quem deu risada fui eu: o que, minha cabeça tem preço? Não, pelo amor de Deus, mas onde já se viu uma coisa dessas: essa vaca tá pensando que está no Rio de Janeiro é? Ah, ah, ah, ah, ah!!

– Quer minha cabeça? Então vem buscá-la você mesma, você não é tão corajosa como você faz todo mundo pensar, sua vira-lata! Vem me mostrar que você tem alguma coisa no ventre, tá? Vem!

Você sabe onde eu estou, não sabe? Você sabe onde vou, não sabe? Então pega tua coragem e vem, tá? Vamos ver se tu vais verdadeiramente cortar minha cabecinha tão bonitinha, piranha!

Irei embora de Paris, escutou, dona Rainha toda poderosa, irei embora quando eu tiver com vontade, meta bem isso na tua cabeça... e, olha, escuta bem o que ainda tenho pra te dizer: diz para teus homens que se eu dou de cara com eles de novo, eu vou cortar os sacos! e mandá-los pro inferno!!!

Não sei por que, mas me sentia bem, parecia ser uma outra pessoa, determinada, prestes a morrer, tudo bem, mas não sem bater!

Fred chegou, lhe expliquei tudo, me refugiei nos braços dele. Fred era legionário. Conhecia tudo de armas. Ele trouxe um fuzil, Rio-Gun; uma bombinha portátil, algo que os militares jogam a distância, um punhal do excército também, trouxe tudo o que era necessário para entrar na guerra. E ele me disse: prefiro ir te visitar na cadeia que visitar teu túmulo.

Por precaução preferi ir dar queixa em um outro distrito, 16 Arrondissement. Encontrei um inspetor de Polícia e fiz minha queixa. Pedi ajuda, estava sendo ameaçada.

Com todo o arsenal que Fred tinha me deixado, fiquei parecendo uma central nuclear ambulante! Sob meu casaco de pele trazia o fuzil, dentro dos bolsos a granada e o punhal dentro da bota direita. Seria melhor ninguém vir me perturbar, né! Quando estava sozinha em casa, qualquer barulhinho no corredor e eu já estava pronta para o combate. Ficava atrás da porta, fuzil na mão, o dedo no gatilho. Virei paranóica. Perdi mais de 6 quilos, já não era tão gorda! -, e já não tinha nem apetite sexual. Quando Fred chegava na sexta-feira me servia de muro das lamentações, que amante!

Tinha de tomar uma decisão, não ia poder ficar fechada em casa deste jeito ainda adolescente, precisava sair, me divertir, dançar, então achei melhor, se tivesse de morrer, morreria na rua, não fechada em quatro muros. Voltei ao Palace! Minhas "amigas" diziam que eu era louca, que eu deveria ter ido embora, Elisa ainda me procurava em todo lugar. Mostrei todas minhas armas, pensando assim fazer medo a Elisa e que ele me deixe viver tranquilamente. Quando ele ficou sabendo foi pior ainda. O seu ódio, sua raiva, sua sede de vingança aumentou a um tal ponto que quando ele soube que eu ia na boate mandou o Christian e outros bandidos à minha procura.

Quando eu dançava, não tirava o casaco, o fuzil debaixo das axilas e os olhos atentos, ficava sempre atenta ao que poderia acontecer. Um dia Elisa me telefonou, eu aproveitei, e registrei toda nossa conversa. Ela dizia que até agora eu tinha tido sorte, mas que as coisas iam mudar, cedo ou tarde ela ia acertar minhas contas.

Levei a fita cassete para o inspetor de polícia, um inquérito ia ser aberto contra ela. Normalmente as coisas, conforme o que ele dizia, iam mudar e Elisa não me amolestaria mais.

E quando Elisa soube que eu ia para o Palace, mandou seus homens atrás de mim. Levei um para o banheiro, empurrei ele contra a parede com o punhal no meio das pernas, enfiei a ponta, só a pontinha para ver se ele ia aguentar e lhe disse:

– Diz pra tua patroa que se ela quiser realmente minha cabeça, ela vai ter de vir buscá-la, tu compreendes? E se eu te ver perto da minha casa, eu chamo a polícia, já dei parte contra vocês, fique sabendo, diga para ela, tá bom?

Dentro de Paris só falavam disso: quem vai ganhar: Elisa ou Claudia? O que a polícia estava esperando para agir? Bem, que uma das duas seja morta ou mate! E em todo caso, essa guerrinha era entre brasileiros! A Polícia francesa estava pouco ligando. Minha vida não tinha nenhum valor para eles: oh, não exagera, tá! Minha mãe precisou de nove meses para me colocar no mundo e um traficante de droga, um ladrão queria destruí-la tão rápido assim? Eu não estava de acordo.

E o dia fatal chegou. Eu estava tomando um café com leite embaixo de casa e via todos os carros que passavam na minha frente. Eu vi Elisa, onze horas da manhã, parou o seu carro na frente de casa, com dois homens dentro do carro, e com o dedo, mostrou onde eu morava. Os caras baixaram as cabeças para ver através do vidro do carro. Eu estava assistindo a cena: deu-me um troço esquisito, corri para o carro e segui-la. Quando ela chegou na frente do seu imóvel, antes de mim, foi direto para o seu apartamento. Eu cheguei pouco tempo depois. A rua estava cheia de gente, travestis, putas, bichas, homossexuais, freiras... ainda bem que não tinha crianças passando neste momento. Uma amiga dela veio até o carro e eu pedi para ela dizer a Elisa que ela não precisava mais me procurar, eu estava lá e que eu queria colocar um fim nesta história. Elisa desceu, veio até a minha porta direita, tentou abrir o vidro do carro com a mão esquerda e com a direita me apontou uma navalha bem amolada com a qual ela tinha o hábito de cortar a face das pessoas que não estavam de acordo com ela.

Quando ela me disse que ia me desfigurar, eu peguei o fuzil que estava dentro do carro, no banco de atrás e dei um primeiro tiro. Ela se esquivou, assustada, surpresa. Eu desci imediatamente do carro, gritando como uma louca:

– Então sua pilantra, você quer ainda me matar, quer? Então, vem, estou aqui, estou aqui! E dei um outro tiro. Ele deu a volta em torno do carro, eu já tinha perdido a cabeça, continuei a atirar na sua direção. Só queria lhe dar uma lição, não matá-la! Queria lhe fazer medo como ela vinha me amedrontando por três meses! Atirando, eu enumerava as coisas que ela tinha feito, como por exemplo certas pessoas que ela tinha feito expulsar, etc. Enquanto atirava via desfilar na minha frente tudo o que tinha vivido até agora, todos os meus sofrimentos, os estrupos, a fome e as humilhações que sofri! As putas gritavam, as bichas perdiam as perucas nas ruas, correndo para se esconder, eu que gritava mais forte ainda! Alguém me disse para parar, eu ia matá-la. Eu respondia que eles deveriam ter pensado antes de me aborrecer a vida, bando de merdas humanas!

Elisa tentou se proteger, procurando um abrigo, mas todas as portas tinham se fechado, ela ficou só, no meio da sua rua, rua Duperré, a rua da qual ela tinha me expulsado desde meu primeiro dia em Paris!

– Elisa, eu disse para não me infernizar a vida, você não respeitou minha tranquilidade, minha tristeza, você quis destruir minha felicidade, agora sou eu que dou teu sangue ao teu eterno amigo, o diabo!

Eu só parei de atirar quando ela entrou no bar e quando eu vi a mercedes de Christian chegar. Vendo Elisa, com um dos tiros no peito, ele correu para o carro dele, pegou seu revólver e deu um tiro, mas já era tarde, eu estava dentro do carro e já tinha passado a primeira marcha, fui embora, conduzindo tal uma louca, sem rumo, queria só fugir, não sei para onde.Christian me perseguindo, a polícia também.Quando eu cheguei perto do Arc do Triunfo, na avenida Ternes, escutei as sirenes da polícia que corriam atrás de mim. Quando os policiais chegaram perto do meu carro, metralhadora na mão, perguntaram onde estava o bandido perigoso que tinha assassinado a "sangue frio" a pobre senhora na rua Duperré. Olhei para eles e disse: fui eu, ela me caçava há mais de três meses, era ela ou eu... Os senhores podem pegar o fuzil, está ai, no banco.

Chegando na delegacia do 17Ème, me separaram da minha cachorra, senti uma dor imensa no peito e sem ter ninguém para me consolar.

Os policiais começaram a me interrogar sob tudo e nada. Respondia sem nem fazer atenção ao que dizia. Para mim pensava que tudo estava resolvido: Elisa tinha me ameaçado, tinha pago para mandar me matar, eu tinha dado queixa, tinha pedido proteção, tinha feito o que podia para não chegar até lá, mas infelizmente aconteceu o que não deveria acontecer.

Até esse momento não sequer sabia se ela já tinha falecido. Fiquei sabendo lá pelas 18 horas, um policial me disse que eu tinha atingido o coração desde o primeiro tiro. Senti um imenso alívio, como se um peso enorme saíra de cima de mim. Travestis, prostitutas, pessoas que moravam no quarteirão, todos que tinham assistido a cena foram chamados para testemunhar e confirmar que era bem eu que tinha atirado na Elisa. A não ser a sua gang, ninguém confirmava: eles diziam que tinham visto um "homem grande", um verdadeiro assassino, que não era eu! No espaço de duas horas fiquei sendo conhecida, em toda França, como "o assassino mais perigoso" do dia, um monstro sem piedade que tinha matado a sangue frio a coitadinha da "mulher". Oxente, eu não estava nem aí! Não tinha matado um inocente, não tinha estrupado uma criança, não tinha roubado, tinha me defendido contra um proxeneta implacável e sem escrúpulos. Não, eu não podia me sentir um monstro!

Lá pelas dez da noite, apresentaram -me ao procurador da justiça no Palácio da Justiça. Eu estava começando a realizar o que se passava, estava esgotada e queria que isso acabasse o mais rápido possível, já não aguentava mais os interrogatórios que, ao meu sentido, inúteis.

Era uma mulher, a procuradora, olhar frio, calculador, parecia a madrasta da cinderela, uma gata-borralheira com cara de sapo-boi, transpirando o ódio, o racismo, o desdém se evaporando do fundo dos olhos.

Quando ela me viu ela disse: __ tire sua peruca, num tom autoritário e um gesto de nojo na boca. Eu não tinha escutado bem o que ela queria dizer com isso, não respondi.

– Eu disse para você tirar sua peruca, você não está na rua, aqui, escutou!

Tudo o que eu compreedi é que meu inferno começaria a partir de agora. Não tendo lhe respondido, ela disse:

– As pessoas como você não deveriam viver! Eu farei tudo para que você seja condenada a pena de MORTE! Você não está no seu país, aqui! Você está na França: ninguém assassina gente inocente na rua como você fez... e tire essa fantasia!

Expliquei-lhe, com muita elegância, diplomacia, que não estava disfarçada como ela, e que se ela quisesse mudar minha aparência ela teria de raspar minha cabeça e mandar me despir. Ela mudou de assunto e me fez mais uma pergunta um pouco esquisita:

– Você se arrepende do ato ignóbil que você cometeu?

Levantei a cabeça, respirei profundamente, empinei o queixo para frente, ergui meu ombro, suavizei minha voz e disse-lhe: *je ne regrette rien, madame le Procureur*...Eu não me arrependo de nada, madame da procuradoria.

Eu só queria uma coisa: me deitar, dormir e nunca mais acordar... Tinha ficado na delegacia o dia todo, tinha ficado no entreposto esperando a boa vontade da cara de "sapo-boi", e ainda teria de passar não sei quanto tempo na penitenciária Maison d'Arret – todos prisioneiros ficam neste lugar antes de ser julgados; tudo depende do tempo do inquérito: vai de 2 meses a 5 anos... Estava psicologicamente extenuada, queria que tudo isso acabasse, e por favor, mais rápido!

Era por volta de onze horas, talvez onze e meia da noite quando chegamos na Maison d'Arrêt de lá Santé – casa de parada da saúde. Saúde... francamente, a saúde dos presos condenados a morte parava alí: eram guilhotinados, é por isso que se chamava ponto final de saúde...

Construida em 1867 pelo arquiteto Joseph Auguste Emile Vaudremer com sua forma trapezoidal em pleno centro do 14Ème Arrondissement, a dez minutos da Catédral Notre Dame de Paris, ao centro, tinha quatro divisões e um "quartier VIP". Lá de dentro essas divisões são chamadas de bloco A, B, C, D. Dentro do A: só gente da Europa Ocidental; B: África Negra; C: tudo que era Árabe; D: todo o resto do Mundo!!! Porque nós, uma grande nação como a nossa, eramos chamados de restos. O pavilhão Vip, chamado também de quartier por pessoas especiais, acolhia tudo que era: prisioneiros políticos, policiais corrompidos e diplomatas assim que certas pessoas que não podiam ser misturadas com todos os outros. Tinha sido por isso que madame cara de sapo-boi me mandou para o pavilhão especial...

Tínhamos passados por não sei quantas portas gradiadas enormes, pesadas que a cada vez que eram fechadas atrás de mim, um enorme estrondo envolvia toda a prisão caída num friorento silêncio. Vestida de uma calça jeans, uma camisa social feminina com mangas compridas, botas de couro pretas até aos joelhos, um casaco de pele num valor de 45 mil francos, (três mil reais, só!), uma bolsa verdadeiro couro, preta também, uma corrente de ouro, um anel sem muito valor, e um pouco de dinheiro.

Na revista, me ordenaram, três carcereiros, um chefe e os outros, de tirar o casaco, depois a camisa, depois a calça, o sutiã e a calcinha...

– Abra as pernas! disse o chef, levanta os braços, coloque as mãos no chão e tosse...

Um dos carcereiros começou a cochichar na orelha do amigo e saiu. Voltou com uma ninhada de outros carcereiros, e todos ficaram parados a me olhar como se eu fosse um pedaço de carniça, pareciam um bando de chacal famintos! Um dizia aos outros:

– Não, ela não é homem...
– Olha, se fosse a gente via os culhões!
– Olha atrás, disse o chef, eles sabem muito bem esconder o sexo entre as pernas e a bunda.

O chefe me mandou abrir de novo minhas pernas, em seguida separar minhas nádegas para verificar se eu não tinha escondido, digamos a verdade, um pintinho com o qual eles poderiam brincar mais tarde. Na ausência absoluta de um par de culhões bem pindurados e, lógico, de um objeto fálico, um ar de pânico ganhou o rosto de todos.

– Acho que tem um erro aí, disse o chef, muito mais gentil que antes. Chamem o subdiretor, por favor, chamem também o médico!

Um outro respondeu que não, que estava bem escrito no meu passaporte sexo "masculino". Imediatamente comecei a ser o objeto de curiosidade do presídio.

Antes da minha chegada, eles estavam acostumados com homossexuais travestidos que deixavam as perucas na entrada da cadeia.

Fui salva quando o subdiretor veio ver o que estava acontecendo. Deram-me meus novos pertences: uma toalha de tecido muito ordinária, branca, cheirando água sanitária e de aspecto muito aspero, um lençol amarelado e cheio de manchas, um garfo e uma faca.

Assim que a vi, só pensei numa coisa: ir para a cela e dar fim, de uma vez por todas, na minha vida! Tinha perdido Fred, tinha perdido o único homem que realmente me amava, preferia morrer. Cheguei na primeira divisão, de nome Speciaux. Neste dia 30 de outubro de 1980, esse lugar se separava em duas partes, um grande corredor separando a esquerda da direita, sob três andares. O meio separado por uma grade enorme e atrás dessa grade detidos: políticos e espiões; Filósofos russos, diplomatas alemães e matemáticos irlandeses. Nas primeiras celas, individualmente, tudo o que não era "normal" e que eles, as autoridades, chamavam os anormais, os restos da sociedade! E eu ia fazer parte desse grupo.

– Chegou mais um!!! gritou um carcereiro que me acompanhava. Do outro lado da grade, um outro respondeu: – manda vê. Entregou-me ao chefe da divisão e foi embora. Quando escutei o barulho da grade se fechar atrás de mim, duas lágrimas desceram, caindo no chão. um carcereiro com um bigodão de origem espanhola, muito amável, deu um grito de admiração, olhou minha ficha de detenção e perguntou ao outro guarda se não tinha um erro. O outro disse que não. O bigodudo então me achou bonita e me perguntou por que eu estava lá e por que estava chorando. Não respondi, meu olhar fixo sob a faca que estava na minha mão. Ele abriu minha nova casa e me disse "bienvenue a la maison d'arrêt de la santé". "Bem-vindo à saúde no sistema prisional"! A enorme porta de ferro se fechou, num barulho sinistro e inquietante. Joguei-me na cama e comecei a bater a cabeça contra a parede. A faca escondida na mão, continuava minha atitude suicida: cabeça – parede, cabeça contra parede... queria que minha cabeça explodisse, queria colocar fim em tudo isso, queria desaparecer. Por que, meu Deus, por que me faz isso, por que você me abandonou desde o meu nascimento! Oh pai, por que temos de sofrer, por que não podemos ser felizes sem conhecer o desespero?

Minha cabeça ia e voltava provocando um barulho surdo.

Oh mãe, preciso tanto de ti. Onde estás, mãe?, Vem, te suplico, maezinha querida, leva eu contigo para onde tu estás! Eu não tenho vontade de viver... porque devo viver enquanto tu não estás mais neste mundo... Olha, mãe, olha o que fizestes: para essas pessoas eu sou apenas um monstro. Mãe, porque não me matastes quando vim ao mundo... deveria ter feito, pelo menos eu não teria de passar por tudo o que estou passando agora: sofrimento e dores, oh! mãe, já aguento tanto ódio sob mim, me leva contigo! Eu sei que estás me escutando, sei que tu podes me escutar, então, livra-me deste inferno terrestre.

Comecei a tremer, a entrar em transe, batia a cabeça contra a parede pensando em minha mãe, queria uma coisa só: encontrá-la e não via outra maneira... peguei a faca e comecei a cortar o pescoço, dei um primeiro corte, senti o sangue descer delicadamente; uma sensação de liberdade começou a me invadir... dei um segundo e o carcereiro abriu a porta da cela em companhia do psiquiatra de serviço, do subdiretor da prisão. Levaram-me para a enfermaria da prisão, examinaram-me depois doparam-me e trouxeram-me de volta para minha nova residência.

Foi realmente "um boa-noite cinderela" porque dormi que nem uma ursa na caverna... durante três dias fiquei completamente atordoada! Recusei me alimentar, só queria dormir.

Quando o efeito da droga passou, pedi para ver o médico que tinha me dado o remédio... chamei ele de estúpido, incapaz! Cara de pau, e que direito ele tinha para me impedir de morrer! Eu não quero mais viver, é meu direito! O corpo é meu, faço dele o que quero, e o que quero é desaparecer!

Mas eu não sabia que uma vez dentro da gaiola eu não me pertencia mais. Um número, era o que eu era! Uma coisa que a gente faz o que quer, coloca onde quer... um objetinho sem valor. Mas que tem de ser guardado com muita atenção porque esse objeto agora pertence ao Ministério da Justiça!

No quarto dia fui apresentada ao diretor, senhor Java, um diretor diferente dos outros: direito, justo e compreensivel. Como diretor ele conhecia meu dossiê carcerário. Sabia que estava lá por morte. Mas, assim como a maioria dos outros, e ao ver da imprensa, eu tinha assassinado alguem com premeditação e que riscava a pena capital. Perguntou em seguida se eu era católica, se eu me drogava, se eu tinha família em Paris e me remeteu o regulamento interior disciplinário da cadeia.

Para falar a verdade, não tava nem aí com esse pedaço de papel o qual mau compreendia o conteúdo. Precisei de uma semana para realmente realisar que estava presa e bem presa! Uma semana todinha fechada, sem sair para o famoso passeio de uma hora dentro de dez metros quadrados cobertos de arames. Recusava comer, tomar banho, falar.

E recebi uma carta de Frédéric dizendo que ele vinha me ver, que ele me amava e que não me deixaria. Chorei lendo o que ele escreveu.

No outro dia tomei café da manhã, lavei-me e saí para o passeio, conversei com todo mundo!

Tendo dinheiro comprei o necessário para minha higiene pessoal: creme dental, papel higiênico, sabonete; comprei até um toca-fitas, comprei todas as cassetes com as músicas que gostava: Barry White, Dalida, Jacques Brel, Stevie Wonder, Edith Piaf, Johnny Halliday, Donna Summer, e Michael Jackson... Comprei uma enormidade de cadernos escolares e uma... máquina de escrever! Enfim estava livre para começar a escrever o livro da minha vida. Não ia ter mais problemas financeiros, talvez teria outros, mas de outra forma. Estava lá, tinha de afrontar, pegar o touro pelos chifres e mandar vê!

Comprei um jogo de damas, um jogo com letras do alfabeto francês, um monopoly (um jogo que se joga com dinheiro de brinquedo), um dicionário, um CÓDIGO PENAL... e muitos livros escolares: do primário até o curso universitário!!! Tinha tanto sonhado com meus estudos, a hora de botar todas as minhas células neurônicas para trabalhar tinha chegado!

Justo em frente a minha cela, tinha um velho travesti que se chamava Daniel, françês, respondendo pelo prenome de Daniéla. Não era a primeira vez que ele estava lá. Só que dessa vez a coisa era brava para valer: os agentes penitenciários me disseram que Daniéla

A REJEITADA

tinha jogado um cliente pai de família no canal Saint-Martin a causa de R$ 14 reais... o homen tinha três filhos.

Daniéla, 46 anos, era uma pessoa invejosa, encrenqueira, fuxiqueira, perversa, aproveitadora, manipuladora e sempre esmolando alguma coisa seja lá o que fosse! Feia, horrorosa ao ponto de enojar mesmo uma *psychoda,* em outro termo: mosca na merda!

Ao lado da sua cela tinha um outro fenômeno com a aparência do Guga e do personagem do pica-pau amarelo ao mesmo tempo, Pascale! Uma verdadeira girafa, 29 anos. Sentia-se muito "mulher", mas entre as pernas um falo bem proporcionado e pronto para servir. Prostituto, tinha um ponto no bosque de Vincennes. Estava lá porque tinha comandado um crime sob uma concorrente pela quantia módica de R$ 209 reais. Lamentável! Mandar tirar a vida de um ser humano por esse preço, e o pior é ter achado as pessoas para matar, é, os vilões existem em todo lugar!

Nem pensar em uma aproximação! Além do mais, ele fez a mesma coisa que Elisa: mandou matar!

No primeiro andar, em cima da cela das duas, dando de frente para minha cela, os machos! Verdadeiros bandidos, que aliás não deveriam estar nesse lugar: compravam os agentes penitenciários, se arranjavam com o subdiretor da prisão e vinham para nossa divisão, assim tinham regalias em tudo!

Os estupradores, também ficavam nesta mesma divisão. Acabei ficando sem sair para o passeio! Ah de jeito nenhum irei me juntar à essas coisas aí! Eu dizia ao diretor! Saía sozinha, uma hora por dia, na parte da tarde.

O mais duro foi saber que eu teria de esperar dois anos para passar em julgamento! Dois anos, é muita coisa. Tinha de ter a instrução do delito e tinha tanta gente para ser julgada. Eu nem sabia que ia precisar de um advogado, eu pensava que tudo estava esclarecido: eu matei, estava presa, que me julguem, poxa! Na delegacia alguém tinha me dado um papel com um nome de um advogado, foi ele que assumiu minha defesa.

Bom, sabendo que teria de esperar dois longos anos antes de passar na frente dos jurados, era uma boa ocasião para fazer uma lavagem no cérebro: não ia mais escrever em português: aprenderia a língua de Descartes e seus métodos. Porque se quisesse mostrar quem era eu realmente, teria de saber falar a mesma língua para comunicar-me.

Como minha mãe fazia quando eu era criança, comecei a escutar a rádio *France Cultura*: literatura, ciência, política, religião, sociologia, gramática, etc. Precisava antes de tudo de um francês clássico, não um vulgar!

Minha coragem, minha sede de viver voltaram muito mais reforçadas quando tive a primeira visita com Frédéric, compreendi verdadeiramente que ele me amava! Tinha passado toda minha infância à procura de amor, e encontrei dentro de uma prisão masculina no coração de Paris. Pedir mais o que para a vida? Parecia ter novas asas, queria voar, voar, sentia-me livre como o ar, porque mesmo entre quatro muros, nada me impediria de ser LIVRE!

E rapidamente caí na infância! Fazendo tudo o que era besteira, traquinagens, coisas que não tinha feito e que toda criança gosta de fazer. Esquecendo os barulhos de chaves, das portas, os homens sem uniformes, as brigas entre detentos, a mesquinhez de uns e de outros. Comecei a fazer *sports* dentro da cela e voltei a dançar satisfazendo assim todo voyeurismo do mundo carcerário! Fabriquei minhas próprias roupas, tinha ou não um diploma de costureira? Transformei lençois em vestidos, em *short* curtos, em saias justas, sutiã e calcinhas.

O problema é que minha cela se transformou em uma cabine de espiagem de sexo, atrás da porta, pelo buraquinho da fechadura, os detentos pagavam para os carcereiros para poder me ver dançar descascando bananas! Sem querer me transformei em objeto sexual, Afrodite: Deusa do Amor...

Compreendi o poder que exercia nos homens graças ao meu corpo, fiz deles o que bem quis: homem é homem e será sempre um homem: Pobres homens!

Agora que estava consciente do efeito que provocava, eles iam ver com quantos paus eu acenderia a fogueira!

Com a chegada do inverno era insuportável aguentar o frio que fazia na celinha e eu passava o tempo encolhida na cama e debaixo do cobertor. Pedi uma audiência com o diretor Java a fim de obter meu casaco de pele que tinha ficado no depósito carcerário. Ele respondeu que não via incoveniente, mas que era preciso da autorização do juiz de instrução. Mandei uma carta, em francês, para o juiz, ele concordou, eu recuperei o casaco.

Era manhã quando vieram para me levar ao psicólogo e analista enviado pelo Ministério Público, a intensão era descobrir meus antecedentes, meus vícios, o que tinha feito de bom ou de ruim, a razão do meu crime e se eu peidava, rotava, se eu comia meus excrementos, se eu gostava das minhas casquinhas, se masturbava com dedos ou se usava a mão toda, se minhas irmãs tinham feito safadeza comigo e todas as merdas inimagináveis a fim de extrair a última gota da minha essência!

O segundo médico não se decepcionou comigo! Em poucos minutos lhe expliquei o que pensava sobre Freud! Conclusão: trocamos algumas palavras sobre mamãe, meu pai que não conheci, meu primeiro orgasmo e já tirei toda a roupa abrindo as pernas e mandando ele procurar o que ele queria...

Vendo-me nua perguntou quando eu tinha submetido a ablação das bolas. Desculpe, mas acho que o senhor ainda não compreendeu minha situação: eu nasci assim, me criei assim, serei sempre assim, dona Claudiaaa!!!

Enfim, ele não sabia dentro de qual categoria iria me colocar.: minha maquiagem estava perfeita – na cadeia não tinha maquiagem! – meu corpo era o de uma mulher, minha gestual, etc. Que eu não gostava do meio dos marginais, mas tinha pegado gosto nestes últimos tempos e que pessoas como eu não passavam de 35 anos!

O cara era "cara de pau" mesmo, poxa! Nunca precisei de artifícios para ser feminina e já ultrapassei os 35 anos e vivendo em boa saúde, física e mental. Então senhores médicos? Os senhores ainda precisam de um tempinho para conhecer a natureza: o que ela faz é muito bem feito, tá, senão tivesse nascido como sou, nunca teria penetrado o REINADO da safadeza masculina.

 E concluíram que eu tinha assassinado Elisa por medo de voltar para o Brasil e reencontrar a vida sem liberdade que eu tinha conhecido.

 Mentiras, acho que você que está me lendo, você compreendeu? Olha, espero que sim!

 Os meses passavam e eu comecei a achar insuportável ter sempre a mesma calcinha. Na cadeia, quem tem dinheiro pode ter tudo o que quiser. E eu vi que se vendia calcinhas. Pensava que era uma calcinha normal, o que eu não sabia é que era para homens,eram cuecas! Foi uma grande surpresa! Imediatamente pedi para ver o diretor. Expliquei-lhe que não era possível que colocasse esse gênero de calcinha, isso era coisa de homem! Eu queria calcinhas normais, era só! Eu tinha pedido a Fred para comprar algumas, mas o diretor recusou, barrou a entrada na cadeia. Tudo bem, não tem problema, ele procurou, ele vai achar.

 No dia seguinte na hora de pegar a bandeja com o cafezinho da manhã, 6h45 quando os guardas abriram a porta, no primeiro andar também todas as portas se abriam, tiveram de fechar no ato! Os loubos famintos começaram a uivar, a bater contra as portas: eu simplesmente estava com a cueca, sem camisa, igual aos homens! E tinha um problema, a cueca sendo muito grande ou eu sustentava a bandeja ou a cueca... assim quando pegava a bandeja, a cueca caía... deixando aparecer um lindo triângulo bem aparado e bonitinho que deixava os presos, que não viam corpo feminino, completamente loucos!

 O chefão ordenou que me vestisse, eu disse não, e ele saiu correndo, chamou o diretor, que suplicou que colocasse minha roupa, eu disse não, ele ficou nervoso e eu disse que tinha o direito de fazer igual aos homens, eles não colocavam camisa para pegar o cafezinho e eu também não, qual era o problema, senhor diretor? Ele me expli-

cou, que eu não era como eles, que eu tinha coisas que eles não tinham e que eu dava...
- Eu dou o que, Senhor diretor, diga?
- Você não vê que você deixa todos esses pobres coitados cheios de tesão, diga?
- Então, vou ter direito de receber minhas calcinhas ou não?
- Por enquanto não, Senhorita Tavares! Escreva para seu juiz e explique-lhe, eu não quero bordel aqui na minha cadeia, se você continuar, mando você para cela de isolamento
- E eu faço uma greve de fome, olhe, não tenho nada a perder, tá?
- Tem sim: eu suprimo a visita com seu namorado, escutou?
E lá vou eu de novo, querendo ganhar mais uma guerra, aiii!!! Durante três dias fiz as mesmas coisas. Diretor vinha, diretor ia. Escrevi ao juiz, fui convocada, fiquei peladinha na frente dele e disse que se eu não tivesse minhas calcinhas faria uma greve ilimitada de fome! Depois dessa conquista me achei "maravilhosa", era minha primeira conquista. Porque outras vão seguir.

Foi pior, para eles, quando fiquei sabendo que enquanto estivesse em prisão preventiva, os carcereiros nem sequer podiam me beliscar! E mandava ver: comprava lençóis, camisetas e transformava tudo no que queria! E todos os domingos eram o mesmo bordel na frente da minha cela. Comecei a ser apreciada, desejada, invejada e também odiada por certos agentes penitenciários.

E especialmente um que nunca esquecerei. Pequeno, gordinho (não tenho nada contra os porquinhos, até gosto muito deles...) cabeçudo, o rosto vermelho de tanto beber vinho, e um enorme par de óculos no meio do nariz; era um chefinho muito acostumado a abusar dos seus direitos. Tinha sua banda e pronta pra fazer o que ele queria.

Seu *hobby* era vir colonizar minha porta a qual ele deixava aberta, com a história de me exibir a todos os detentos. Conversávamos sob todos os assuntos, sem tabus. Só que quando eu puxava uma conversa sob justiça, de políticos e outros, ele disfarçava e voltava a falar de sexo. Eu nunca insinuei que nós poderíamos "transar"... Mas nunca! Tinha Fred, amava-o com unhas e dentes e não tinha a menor ideia de o trair.

Ele não, tudo o que queria era se servir de mim depois do dia que ele me acompanhou na ducha. Fez algumas tentativas que eu recusei quando era ele que trancava definitivamente as portas das celas á noite. Um dia quis me beijar, eu virei o rosto, disse não, lhe explicando que ele era muito gentil só que eu tinha um namorado. Aliás ele conhecia Fred pois ele já tinha nos vistos juntos na visita. Tentou outra vez com uma revista pornográfica me perguntando se eu não sentia falta de fazer sexo. Respondia-lhe que eu poderia esperar e ia esperar o tempo que fosse. Ele replicava que eu era bem idiota, que perdia meu tempo porque quem sabe eu seria condenada a pena de morte, que eu ia ter o pescoço degolado, que eu deveria aproveitar, ele me desejava e queria me ver "feliz". Dizendo isso pegava minha mão, levava até seu sexo.

De um gesto enérgico recuava minha mão e pensava em Fred. Enquanto ele mendigava meus favores eróticos, seus capangas pastoravam a grade da porta do corredor.

Doutor Francis Tissot, o advogado, até que enfim aceitou me defender, hesitou no começo. De costume só defendia bandidos e cafetões e Deus sabe o que mais. Só fiquei sabendo isso muito tempo depois. Que diacho, né? Era por causa de um que eu estava lá, e quem ia me defender? Um protetor de proxenetas! Foi sua assistente que me disse isso, quando eu a conheci melhor. Parece que ele era preconceituoso, de confissão religiosa dubitativa. E sua primeira pergunta foi:

– Por que eu?

Ele era um homem muito charmoso, elegante, com uma barba judaica de cor sal e pimenta. Falei para ele quem tinha me dado seu nome. Fez um gesto com a cabeça em signo de aceitação e já me perguntou se eu tinha dinheiro para lhe pagar. Respondi que ele poderia dormir sob suas duas orelhas, ele ia ser bem pago.

E me olhando profundamente dentro dos olhos disse:

– Senhorita Tavares, foi realmente você que matou esse indivíduo?
– Fui, fui eu sim.
– Por que você não fugiu, ninguém pode confirmar com certeza que foi você que a matou!
– Eu sou Católica, apostólica, mas não sou romana! Cometi um grande pecado e devo pagar pelo que fiz.
Ele sorriu. Perguntei-lhe se corria o risco da pena de morte, respondeu que tudo dependia dos jurados.
– O senhor acha que eu tenho tempo suficiente para terminar minhas memórias antes de morrer. Comecei a chorar, antes queria tanto morrer, e por que chorava agora? Ele estendeu um lenço, exuguei minhas lágrimas e continuei a questioná-lo.
– Sr. advogado, analisando bem o que diz o código penal, estava em legítima defesa, devo ser liberada, o senhor não acha?
Balançou a cabeça com um gesto negativo. A lei francesa não é como no Brasil. Isso eu já sabia, fiquei sabendo também que em matéria de corrupção era igual, talvez pior. Ele me pediu todas as provas, as cassetes, a queixa na delegacia, etc. Se ele conseguisse provar tudo o que eu estava lhe adiantando, talvez fosse condenada a 3 ou 4 anos de reclusão criminal. E como a lei francesa expulsa todos condenados estrangeiros, na metade da pena, eu só ficaria uns dois anos na cadeia.
O juiz instrutor me convocou. Ia ser a primeira vez que nós íamos ser apresentados. E ele ia ter, ele também, uma grande surpresa, ora ele tinha lido os jornais, e o assassino de Elisa deveria ter aspecto de um monstro, um cara barbudo, né, com todo esse tempo atrás das grades, deveria parecer um troglodita, uma coisa imunda! Monstro, eu? Oxente zezinho! Que monstro nada, eu estava vivíssima, brincalhona! Sempre fazendo piadas, tirando sarro de mim mesma e dos outros também, com a única finalidade de fazer todo mundo rir! Mas ninguém acreditava que eu, eu? Imagina! Tinha matado alguém... E por isso que é bom saber que as aparências enganam!

O trabalho de um juiz instrutor – acho que no Brasil é a mesma coisa –, aqui na França, é justamente de instruir um dossiê a fim de compreender se o crime teve ou não premeditação e, custe o que custar, arrancar a verdade. Dentro do meu caso, tudo ia muito bem: não tinha nada para esconder! E toda vez que eu estava na sua frente era a mesma coisa: falar da minha mãe, explicar porque não conhecia meu pai, e o prato que vinha para a mesa era sempre o mesmo: explicar minha sexualidade! Oxe! eu não tinha cometido delito sexual, não tinha violentado ninguém para gozar, poxa!

Mas o mais doloroso, triste, humilhante, era ser arrastada, acorrentada como no tempo dos escravos ao longo dos corredores até chegar na frente do juiz, ida e volta, por favor! Com os policiais me humilhando, como Jesus no tempo dos romanos.

Agora que tinha respondido as questões concernindo meu futuro julgamento, poderia, daqui para frente, me ocupar com outros assuntos mais importantes: tinha a certeza de não ser guilhotinada, isso já mudava tudo, não que tivesse medo de morrer, ao contrário, achava mesmo que a morte – pensava que morrer seria uma boa solução –, me faria encontrar mamãe, já que nunca aceitei seu falecimento. Vou falar uma coisa para vocês, mesmo mamãe sendo áspera, na forma como nos educou, ela sempre amou seus filhos, ela nunca nos abandonou.E, francamente, dela, eu só guardo o que foi de bom, aquelas recordações que aquecem o coração, as que reforçam nos piores momentos da vida! Por que eu tive esses momentos maravilhosos com ela, quando voltei de São Paulo, antes da sua morte. Tivemos tantas conversas! Ela me contou como nasci, como foi meu pai, de onde ela tinha vindo, quem eram nossos ancestrais, a que família ela tinha pertencido. Eu a escutava e chorava, chorava porque compreendia seu sofrimento por causa dos homens! Eu só podia perdoá-la, ela tinha sofrido tanto por amor. Foi por isso que tinha decidido que não teria a mesma vida que minha mãe, aliás minha vida só podia ser diferente, mais fácil, sabendo desde o começo que não seria Mãe, e se um dia quissesse adotaria uma criança, tem tantas abondonadas no Brasil! Adotaria umas dez para lhes dar mais do que tive: Amor, carinho e uma educação digna de um ser humano baseada numa filosofia universal de RESPEITO A DIFERENÇA, ser diferente também faz parte da "normalidade"!

Como em quase todas as prisões do mundo, a minha também tinha o religioso. Toda vez que uma pessoa chegava na cadeia, ele vinha dentro da cela (não precisava se apresentar, vivia transvestido!), achando-se no direito de fuçar minha alma. Eu não tinha pedido para me confessar nem que estava precisando de bênção, mas ele queria saber o que eu tinha feito e se estava arrependida. Não tinha que me arrepender de nada, isso já era uma história antiga, não valia a pena cutucar essa ferida. Claro que não poderia e psicologicamente não deveria me atormentar, pensando no erro: Elisa estava morta, bem morta e eu estava lá, fechada, tudo bem, mas viva!

Aliás, quem era ele para me absolver, não passava de um pobre e miserável homem simplesmente vestido em homem de Fé. Ora bolas, que ele desapareça da minha frente, vá procurar outras almas perdidas fora da minha jaula!

Acabei indo assistir as missas das quartas-feiras, dez horas da manhã, saía da cela e encontrava outras pessoas que me permitiam conhecer melhor o mundo carcerário. Conhecendo melhor fiquei até com pena "dela", coitadinha, era uma maricona enrustida, complexada e frustada! Dava dó, de ver! A prova, essa cachorra católica vestida de mulher cantou Frédéric quando eu pedi para ele ir buscar meus pertences que estavam com Fred. Tentou persuadir Fred de me abandonar, dizendo que nossa relação era anormal, que Deus não podia aceitá-la, que a gente vivia no pecado! Baitola, como se permitia de dizer uma coisa dessa, é sacanagem! E tentou também, dentro do quarto de Fred, na casa dos pais dele, chupar o peru do meu amor! Quando Fred me disse, eu fiquei quente, hein! E quando vi o religioso de novo na minha cela, rendeu para ele! Dei-lhe um "esculacho", puta que pariu! A bicha me pediu perdão, era que Fred era muito bonito, sedutor, gostosão. É mas é meu, tá, tira os olhos ou eu arranco os teus.

Depois desse dia, eu tinha tudo o que queria com Claude, o religioso da cadeia: baton, perfume, chocolate, bombons, etc. A meu pedido, ia ver minhas amigas, ajudava elas ver o juiz, conseguia autorização para algumas vir me ver, Helena, por exemplo que mandou a mãe da sua melhor amiga me visitar todas as quartas-feiras na parte da tarde.

E como sempre, na visita, eu chorava, falava da minha infância, da minha mãe, do meio imundo que é esse da prostituição, mesmo tendo frequentado por pouco tempo. Rapidamente simpatizamos e uma verdadeira complicidade se instalou entre nós. Fred, Helena, a amiga dela e a mãe, faziam com que eu nunca ficasse sem visitas. Coisa muito importante quando se é estrangeira e sem ninguém no mundo.

Com o tempo passei a ir ao pátio, com os outros. Passamos a jogar o tarô e Daniéla, vendo que eu tinha dinheiro, começou a me pedir para comprar coisas para ela também. Comprava tudo em dobro! E seus maços de cigarros... até o dia em que soube os horrores que ela dizia sobre mim. Aí peguei a bicha, joguei ela contra as grades, dei-lhe umas duas bofetadas e mandei ela para casa do... ca...!

Um dia a mãe da Beatriz, amiga da Helena, quis trazer o filho dela de 8 anos. O juiz recusou que o menino viesse me ver. Escrevi-lhe uma carta, poxa! Pedindo satisfação, lógico, que isso? Não sou nenhum monstro, pacas! Ele ficou muito impressionado com o que leu, autorizou o garoto me visitar.

Maio de 1981, Senhor François Mitterand ganha as eleições presidenciais. Foi um vira-vira na cadeia, caramba! Os detidos de ordem política foram todos liberados, deixando o grande pátio vazio. O diretor só fez aproveitar os bandidões cheios da grana! A gente continuava ir no mesmo lugar, um pátio pequeno, tão pequeno que quando eu corria tinha a impressão de ser uma preá dentro de uma gaiolinha de brinquedo! Enchi o saco do diretor com múltiplas exigências: de ter um pátio correto para tomar ar e andar. Já nos encontravamos todos na sala, quando assistíamos a missa, sessões de cinema e vídeos, se nós podíamos tomar banho quase todos juntos,

A REJEITADA

então não tinha nenhum perigo que fôssemos juntos para o pátio! Além do mais os outros tinham direito a dois passeios por dia: manhã e tarde! Fiz uma petição, todos assinaram, o diretor nos convocou, e deferiu que íamos todos juntos ao grande pátio e isso graças a Mademoiselle Tavares! Disse também que não queria desordem e quem seria a responsável do grupo seria eu... UAU! Complicado porquê: pastorar os pedófilos, lutar contra a droga, a violência, os fuxicos entre os travecos, o ciúme mórbido entre transexuais hiperfemininos e homossexuais misoginos, extorsão e não sei o que mais, poxa! A coisa ir ser f... o... forte! Teria de dar o exemplo, não ser como certos políticos que dizem uma coisa e fazem outras!

O tempo passava e mais eu "gostava" da cadeia! Tinha tudo o que queria: um homem, uma família adotiva que tomava conta de mim, uma sogra muito humana que lavava e passava minhas roupas e a alegria de ter achado uma avó, coisa que não tinha conhecido antes ... hum, tinha um apaixonado dentro da cadeia! A gente chamava ele de Kiki, bonitão! E comecei a chifrar Fred, tinha minhas razões, hein! Fiquei sabendo que ele fricotava com alguém. Tudo bem, ele não ia passar o tempo dele todo a se masturbar, bom, tá bom... mas eu também não, então tinha um amante na cadeia! Só pedia para ele não cair apaixonado, dar umazinha, ok, se apaixonar não!

Kiki estava preso por assalto à mão armada, mas sem violência, e estudava direito, é sim, na cadeia! e foi ele que me apoiou para continuar os meus estudos. Podiamos até obter diplomas! O primeiro curso que fiz a inscrição foi: o bê-a-bá da língua francesa! Minha professora chamava-se madame Collin. Coitada, chorava tanto comigo, eu estava sempre falando de mamãe, não podia esquecer. Talvez até tenha sido minha "mãe" de substituição! Ela sempre será a pessoa mais importante durante todo meu encarceramento, colocando-me na linha direita da vida. Ela compreendeu rapidamente minha sede de conhecimentos. E foi ela que me fez descobrir Gustave Flaubert, leitura que me proporcionava o maior prazer nas minhas noites solitárias. E em seguida todos os outros:

Baudelaire, Proust, Diderot, Jean-Jacques Rousseau, Colette, Jean Giono, Victor Hugo de novo, Maupassant, Émile Zola, Balzac, Albert Camus, Paul Verlaine, Jean-Paul Sartre, Alphonse Daudet, Rimbaud, Molière, Lá fontaine, Corneille, Sacha Guitry, Stendhal com seu vermelho e preto, Courteline, Paul Valery, Proudhon, Dickens, Oscar Wilde, Boris Vian... Platon, Sócrates, Volteire, Niestsche, Saint-Exupery, Pascal, Simone de Beauvoir, Marguerite Yourcenar, Léon Tostoi, Tchekov, Dostoiévski, Kundera, Young, Freud de novo, Pierre Daco, Kafka e... a Bíblia. Precisava de conhecimentos e de onde quer que eles viessem.

Caramba, precisaria de muitos neurônios para compreender todo esse mundo sem ficar louca, foi uma verdadeira confusão dentro da minha cabeça: entre o que está escrito na Bíblia sob a origem dos seres humanos e tudo o que ia descobrindo sob a teoria do Big Bang até hoje, foi como levar uma bofetada na cara sem saber porque e ficar lá, boca aberta e abestalhada! E as dúvidas brotavam sobre tudo, seres, matérias, tudo o que tinham dito sobre civilizações, crenças, o bem e o mal; o que se impõe aos outros como pura verdade, e a Verdade que nunca é verdadeiramente dita por medo... desde a primeira infância nos acostumamos com o que nossos pais nos inculcavam: o medo! e eu, eu só queria conhecer uma coisa; a VERDADE!

Quanto mais o tempo passava, mais eu afirmava minhas convicções.

E dei muita dor de cabeça, a mais alta figura, o cardeal-bispo Monseigneur Jean-Marie Lustiger, quando no mês de fevereiro de 1981 foi nomeado o mais importante personagem da comunidade católica da França e como é o costume essas pessoas visitam as prisões.

Claude, o religioso, fez questão de me apresentar o cardinal Lustiger trazendo-o para visitar nossa divisão. Foi dito que ele estaria lá para nos escutar. E eu monopolizei tudo com minhas questões impertinentes e anticlericais!

E lhe fiz a mesma pergunta que tinha feito, quando tive minha primeira lição de catolicismo:

– Monseigneur, essa pergunta fiz quanto tinha apenas 6 anos quando a professora começou a falar da criação do Mundo. Vosso Deus, criou o mundo em sete dias. No último dia fez Adão... a sua imagem... Ele criou Adão muito perfeito... Adão estava sozinho e Deus, naquela época muito generoso, decidiu tirar uma vulgar costelinha para nos fazer, nós mulheres, tão perfeitas... Eles eram loiros, grandes e lindos... Disse também que a escuridão era o inferno... o que eu perguntei foi: Deus fez Adão e Eva loiros? o inferno era tudo preto?... então eu não poderia mais manter amizade com meu amiguinho todo negrinho que estava do meu lado! Se é verdade o que a senhora tá dizendo, eu não quero mais brincar com ele! Eu levei muitas palmatoradas por causa dessa pergunta... O Senhor não vai me bater não, né?

Os detidos deram risadas.

– O senhor pode me explicar por que a igreja condena a homossexualidade?

Ele ficou vermelho.

– ... Ora, não devia, onde tem mais "homo" é dentro da igreja! Quase todos os religiosos são assim: vocês amam uma imagem masculina... Nosso Deus não é feminino, então vocês são veados!

– ... E as freiras são todas lésbicas, todas amam a mãe de Jesus!

– Monseigneur, por que é que vosso Deus nunca vê uma criancinha chorando antes de morrer nas mãos de um pedófilo? Por quê? Vocês não dizem que Deus vê tudo? E que talvez né, depois de 2.000 anos, ele já esteja cego, não é? Vocês dizem na Bíblia que não devemos acumular riqueza? Por que no Vaticano o vosso chefe, o Papa toma banho numa banheira de ouro enquanto que em países pobres as crianças católicas morrem de fome? Com o dinheiro dos pobres vocês vivem na abundância, e os outros que se fodam? Eu não acho isso lógico!!! Porque é que os religiosos não se casam, talvez fosse melhor... assim eles não fariam mais safadeza com as crianças!

Posso vos garantir que a vinda dele na prisão da Santé foi memorável! Os guardas ficaram escandalizados assim como certos detidos. Claude não sabia onde colocar a cabeça. E o pior foi quando evoquei a inquisição, a Guerra dos Cem Anos... onde os piores assassinatos foram cometidos pelos dignatários religiosos! E disse também que execrava as religiões porque foram elas que tinham atrasado a evolução humana e que elas eram portadoras de racismos de ódio e de desprezos. E que como filósofa não poderia mais continuar sob a influência mesquinha de um bando de pretenciosos fantasiando que comiam, mijavam, peidavam e cagavam como todo animal! Que era cientificamente impossível que todos os textos bíblicos tivessem sido realmente um deus qualquer que tinha escrito. Tudo isso não passava de uma grande máscara dos homens daquela época para poder sujeitar a mulher e dominar as pessoas incultas. E que se ele tivesse vindo para me perdoar, estava perdendo seu tempo, eu já tinha me autoperdoado! Pedi desculpa e voltei para minha celinha... Antes de ir embora, ele veio, Monseigneur Lustiger, me fazer uma visita "íntima", conversamos muito e eu ainda guardo uma boa recordação dessa pessoa tão íntegra.

Depois deste dia os guardas, os detidos, os médicos, os enfermeiros, os subdiretores e diretores começaram a me ver de outra maneira. Todos queriam me fazer perguntas! Tudo quanto eram assuntos eram colocados na mesa. E foi assim que os muros da minha prisão começaram a ser minha escola de Filosofia onde a matéria-prima era o Homem.

E eu vou passar o pente fino em todos, sem exceção: da pessoa mais sincera ao mais mentiroso, do mais vicioso ao mais puro, do diretor ao guardinha sem certificado primário; do bandido mais violento ao trombadinha ridículo, vou observar do pequeno gesto às maiores taras porque estou decidida a estudar esse pequeno animal tão desconhecido que é o Homem. Vou provocá-los, empurrá-los ao mais profundo deles mesmos para melhor compreendê-los. E também vou aprender a me conhecer: conheça você mesmo, e você conhecerá os outros...

Da minha cela eu escutava tudo, pois ela era encostada ao escritório do guarda-chefe lugar onde se acolhiam os novos presos, de onde eles partiam; onde também éramos chamados a atenção quando alguma coisa não ia bem. Eu ficava sabendo de tudo antes dos outros, tendo uma orelha muito fina, nada me escapava. E escutava os comentários dos guardas quando eles diziam "hé, vem, vamos ver a senhorita Tavares dançar". Eu continuava a dançar, sabendo que eles estavam atrás da porta olhando pelo buraco. E os comentários choviam: algums dizendo que já tinham me "comido"– como se eu fosse uma vulgar franguinha de supermercado! -, outros que gostaria. "Ela é gostosa, a cachorra".

Pura fantasia! Porque a não ser o porquinho das bochechas vermelhas o qual abusa de mim, ninguém mais.

Eu o odiava quando ele me tomava à força... ele começou isso depois que ele me viu beijando Kiki na sala do cinema. Para ter direito aos momentos carinhosos, tinha de seguí-lo num lugarzinho escondido quando ele anunciava "Tavares, visita!". Eu sabia que era mentira, que ele só queria esvaziar o saco, filho de uma piranha! Chegava no esconderijo ele tirava minhas roupas, me jogava contra o muro e fazia o que queria; eu fechava os olhos e pensava em Fred. Muitas vezes quase morria asfixiada de tanto que ele fedia a álcool! E no fundo de mim eu já estava lhe preparando uma boa! Ele me pagaria muito caro o que ele me fazia, ah! Sim! Como ele era o chefão, ele achava que tinha direito de fazer o que ele queria com os prisioneiros sem nunca se preocupar. Eu comecei a ser "gentil" com outros carcereiros a fim de conseguir informações sob ele... esse miserável tinha de pagar pelo o que ele fazia: olho por olho, dente por dente! Esse nazista ia me pagar porque ele abusava do seu uniforme para maltratar minhas carnes! Filho da puta!

Com a cumplicidade dos vigias (mesmo para tomar banho éramos vigiados!) gentil e dando lhe um pouco de dinheiro, Kiki e eu podíamos nos encontrar nos dias em que tomávamos banho: eles nos alertavam quando o diretor ou os chefes estavam chegando. Mesmo as cabines de duchas eram fechadas às chaves, com grades e tudo. Só tinha três cabines para toda a população da nossa divisão. E agora estava mais lotada que nunca com o arrastão da polícia que colocava tudo o que era gente na cadeia.

A aids apareceu e eu vi chegar Cassandra, tão linda antes, aos poucos foi se transformando em uma verdadeira alma viva: magra, feia! Que pena! Deixou a droga tomar conta dela. Ela sentia tanto a falta da cocaína que esfarelava os comprimidos de arpirina, derretia-os e se injetava nas veias! Meu ódio por traficantes era tão grande que se um entrasse na nossa divisão, ele degustaria, e teria de me prestar contas!

Num determinado dia as duchas estavam tão lotadas que o subdiretor decidiu não me colocar em risco: muitos homens fazendo fila para tomar banho. Muito perigoso misturar miss Tavares com esses famintos sexuais! Mandaram-me tomar banho no outro compartimento onde viviam os políticos. Sozinha, um luxo, poxa! Sem baratas para subir nas pernas, genial! Estou tão feliz que até canto as músicas que tocava na rádio de Garanhuns todos os domingos quando tinha entre 9 e 10 anos! Roberto Carlos, Clara Nunes, etc... vinte celas sem ninguém, chuveiros, banheiros, poxa! Era muita falta de respeito: de um lado superpopulação, e do outro... vazio! Disseram-me que o Ministério da Justiça não queria colocar ninguém por enquanto.

Estava toda lindona, peladona, os cabelos longos até nos rins, e cantava como um passarinho na gaiola! Escutei o barulho de uma porta de ferro, pesada, enferrujada, rangiu como uma porta de castelo mal assombrado, depois escutei passos e vozes no corredor. Coloquei a cabeça para fora do banheiro para ver quem era e dei de cara com um homem branco, branco mesmo! Grande e com um rosto sereno, olhar inquisitivo e meigo. Era criminalista de Montréal que estava estudando certos comportamentos de criminosos.

Ele me escutou e ficou curioso para saber que voz era aquela que cantava dentro de uma prisão de homens... Eu saí da cabine nuazinha, cabelos molhados sobre os seios agressivos, barriguinha linda, bunda empinada que deixavam os homens louco de desejo. Cinturinha fina, olhar diabolicamente envolvente! Ele ficou todo retorcido e foi pedir autorização ao diretor para me questionar. Eu aceitei, lógico! Um fotógrafo nos fotografava e a gente falou sobre crimes durante mais de duas horas. No fim da entrevista perguntei-lhe se eu estava na categoria dos assassinos sem piedade... Ele disse que não, que não tinha a alma de uma pessoa que gosta de matar por matar! Que uma parte da responsabilidade cabia a Elisa, se ela não tivesse me ameaçado, talvez ela ainda estivesse viva e eu livre. O guarda do meu xadrez teve até medo quando eu me joguei em cima dele para lhe agradecer, beijei-lhe, ah! Sim.

Foi durante meu encarceramento que Monsieur Le President da République, François Mitterand abriu as rádios difusoras livres. Por atrás das minhas grades vou ser uma pioneira da comunicação: letras subversivas, poemas, textos antifascistas, antidespotistas, antiautoritarismos. Os guardas também escutavam essa rádio... que transmitia um programa contra seus procedimentos intitulado *sautematon* – fora os cárceres! – e como no meio deles tinha gente que não gostava de mim, sempre que podiam me provocavam para poder me ver dentro da solitária, um lugar horrível, sem luz do dia, dormindo no chão sem o direito de tomar banho, sem receber visitas. Mas como eu ainda não tinha sido julgada, eles tentavam, mas não conseguiam. E o diretor Monsieur Java gostava um pouquinho de mim e era como um protetor.

Na cadeia nunca tive tempo para contar as horas nem os dias, tão pouco os anos. Uma semana era curta demais para tudo que eu tinha que fazer: uma vez por semana encontro com meu psiquiatra, duas vezes por semana ia assistir filme, domingo à missa, ia mais para filosofar que por rezar! Quatro horas de passeio por dia, banho duas vezes por semana (me lavava todos os dias dentro da cela!) de noite meus deveres escolares, responder minhas cartas e ler... muita leitura, era viciada em leitura – ainda sou –, lia dois ou três livros por dia! Durante todo meu encarceramento devo ter lido entre 4500 a 6000 mil livros e sonhava com todos os livros que ia escrever! Agora que eu estava me instruindo, ia poder explicar quem eu sou realmente sem deixar que os outros façam no meu lugar: eu não sou um objeto ao qual o homem coloca uma etiqueta e joga no mercado, não, eu sou uma pessoa, humana antes de tudo, e é sob esse direito que exijo consideração e respeito!

Minha melhor "amiga" Nívea, não me escrevia, nem vinha me visitar. Só a vi uma três vezes. Os novatos que entravam na cadeia me diziam que ela tinha tomado nosso lugar Elisa e eu. Tinha feito vir sua mãe para Paris, que a mãe dela tinha operado os olhos; ela podia, com todo o dinheiro que ela ganhava... como diz o ditado: a infelicidade de uns, faz a alegria de outros.

No lugar onde eu tomava banho sozinha, a direção penitenciária transferiu três homens: um alemão, um romênio e um russo, os três estavam presos por espionagem trabalhando por conta do KGB. No começo eles tinham medo de ir no passeio com a gente. Eles tinham de tudo na cela, mesmo uma mesa de ping-pong. Nós, nada! O russo, Vladimir, político e filósofo, me dizia sempre "bonjour". Eu sempre brincava com ele convidando-o para vir no pátio com a gente e que ele poderia ficar tranquilo eu o protegeria! Ninguém tocará em ti, eu dizia! O diretor não quis autorizar, eu pedi para ele deixar, ele deixou e quinze dias depois os três vieram andar um pouco. O romeno era físico; Rulf, o alemão, matemático. Graças aos três eu aprendi muito mais sob o universo e a origem do homem. O físico me explicava sobre os planetas, as galáxias, o universo; o matemático me falava de Albert Einstein e Vladimir explicava sua Rússia amada e o comunismo. Explicaram-me o que era a ditadura, a democracia e as religiões. Aliás foi aí que eu fiquei sabendo o que era um muçulmano! E uma coisa que eu tanto queria aprender quando era criança, jogar xadrez!

Fazia um certo tempo que eu sentia um cansaço, aquela moleza esquisita. Tudo bem, eu praticava muito esporte, mas não ao ponto de me sentir mole desse jeito. Pedi para ser examinada pelo médico da cadeia. Ele ficou desconfiado com o que lhe disse e mandou fazer um exame de sangue. Estava do-dói, o médico me disse que eu estava condenada...

– Ai, pelo amor do Divino, eu vou morrer, diga logo, seu doutor!

– Não, você não vai morrer, vai ficar boa: vai ter de tomar duas injeções por semana no bumbum!
– Mas o que é que eu tenho, doutor!
– Você está contaminada pela sífilis e depois de muito tempo, talvez mesmo quando nasceu!

Fiquei sabendo assim, talvez tenha sido passado na gestação, nunca soube que mamãe tivesse sífilis. Em todo caso ninguém morre mais por causa de uma sífilis, e eu, queria viver!

Uma vez por semana tinha de dar o bumbum à enfermeira: Penicilina! Mas doía, ai!!! Foi o que me salvou. Uma vez, eu estava na fila para receber a injeção quando dei de cara com Issei Sagawa o canibal que tinha comido a holandeza. Muito silencioso, mas quando eu lhe disse a causa que me levou até lá, ele contou todos os detalhes do seu crime e o gosto que tinha a carne da mulher... disse que já fazia muito tempo que ele tinha esse desejo e como tinha se apaixonado pela loirona – ela tinha um metro e oitenta, ele quase um e sessenta, decidiu comê-la. Comecei a vomitar quando ele me deu os detalhes! Ele não tinha cara de canibal, parecia mais um monge tibetano que outra coisa. O pai sendo muito rico... O cara foi liberado e hoje faz sucesso no Japão dando conferências como é o verdadeiro sabor de um corpo de mulher. Mais uma inegabilidade dentro do país da: liberdade, igualdade, fraternidá! Que não existe realmente!

Meu apartamento privado era o mais organizado da cadeia: eu tinha até uma planta, um pé de abacate que fiz crescer dentro da cadeia, seu nome era Sócrates, e eu "conversava" sempre com ele. Um pouco de verde só me trazia felicidade, estava tão longe do meu país que tem tantas árvores. As paredes eram cheias de fotos, de cartões postais de amigos, me permetindo assim viajar sem sair das quatros paredes. Depois de obter meu primeiro diploma na cadeia, fiquei sendo o "chuchu" dos diretores que diziam que eu era um exemplo de reintegração na sociedade! Quem estava muito orgulhosa de mim era madame Collin, eu tinha parado de fazer *strip-tease*, tinha ocupação, e quando certos carcereiros vinham me encher a paciência, eu mandava eles para aquele lugar!

O pavilhão número um se encheu de gente! Não tinha lugar para uma pulga. O diretor veio me ver e pediu para eu aceitar dividir meu quarto com um transexual jurou que ela tinha passado por um exame físico aprofundado, que eu podia ter confiança.

De fato tinha razão, ela era muito feminina, órgãos genitais masculinos, ausentes, e sem operação. Linda, mijava sentada e enxugava a perereca sem nenhum complexo. Eliana, também tinha uma certa cultura e nós aprendemos a conviver durante uns meses até ela ser julgada e expulsa do território francês. À medida que nós convivíamos, aprendíamos melhor nos conhecer. O diretor colocou um colchão no chão e a gente trocava: uma semana ela dormia na minha cama e vice-versa, assim ficávamos numa perfeita equidade.

Pouco a pouco Eliana, me conhecendo melhor, soltou a língua e começou a me falar da sua "amiga". Elisa, explicando-me como foi que o pai dela soube a dupla vida que ela levava em Paris. Que ele não era advogado, mas sim travesti, prostituta, proxeneta e que tinha mudado de sexo. E o pior foi no dia do julgamento. Eliana me explicou quando ela morreu, o consulado brasileiro em Paris telefonou ao juiz para que ele viesse reconhecer o corpo de seu "filho". Ela disse que ele fez uma careta feia dos diabos vendo o filho com um par de seios e no lugar do pintão uma xoxotinha. Ele que odiava os homossexuais, ele que tinha mandado tantos para cadeia no Rio de Janeiro pagava com o próprio sangue o que tinha feito aos outros: aqui se faz, aqui se paga. Ele quase sofreu um ataque cardíaco, mandou incinerar o corpo e jogou as cinzas no mar.

– Olha, se você não tivesse dado fim nela, ela teria te matado, ela jurou que mesmo se fosse a última coisa que ela devia fazer no mundo, ela o faria! disse Eliana.

Kiki foi condenado a quinze anos de reclusão criminal. No dia seguinte o transferiram para uma cadeia central. Chorei muito. Meus dias iam ser um pouco tristes sem ele. É a vida, na cadeia, nunca devemos nos apegar a alguém, todo mundo está de passagem.

Uma manhã chegou um personagem que se chamava Pascal. Era um pedófilo, fazia tráfico de crianças. Desde que chegou se uniu ao estuprador da própria filha de 9 anos e ele era muçulmano, Armhed, e muito praticante. A fim de compreender melhor essa religião, pedi a Fred para comprar o Alcorão, uma cópia da Bíblia escrita em árabe onde uma vez mais é ensinado a doutrina do MEDO! Onde a mulher é boa para fazer comida e dar filhos aos homens! Até a lapidação é copiada! Seiscentos e vinte anos depois da Bíblia... a tradução levou tempo, poxa! Enfim! O problema dentro da prisão era controlar todo esse mundo: um travesti muçulmano que odiava o incestuoso e pedófilo Armhed, Armhed que queria matar a bicha afirmando que na lei islã isso era proibido, a bicha querendo castrar o Armhed: é né, seu bastardo, ser bicha é contra a lei, mas comer a filha de 9 anos, destruir a sua inocência e sua vida não é contra a lei? Vem cá que eu vou cortar teu saco, filho da puta! Dizia a bicha. E gritando tudo isso a bicha cuspia na cara dele.

Um dia os dois se atracaram no pátio. Armhed era muito forte, mas Carima, o travesti deu-lhe um soco na cara, mandou ele para o chão, o guarda correu e quis separá-los, eu não deixei: disse para ele fazer de conta que não via nada: – Deixa pra lá, esse pedófilo tem mais é que levar uma surra! Aliás essa praga nem deveria viver! Nenhum juiz vai colocar fim no sofrimento de uma criança violentada. Fica quieto; não vamos matá-lo, vamos só dar-lhe uma lição! Eu morria de vontade de cortar seus testículos, morria mesmo! não nego! Dava vontade de vomitar quando eu escutava ele e o Pascal falando como eles tinham violentado as crianças, o Armhed explicando ao Pascal como ele fazia para que sua filha viesse para sua cama, lhe dizendo que era a vontade de Allah, que ele era o pai dela e que ela tinha de aceitar tudo o que ele queria dela. A gente quase cortou o pescoço dele, ainda bem que o guarda nos parou e levou ele para a enfermaria. Vá seu safado! Não fizemos quase nada... uns dentes a menos, uma costela quebrada, os culhões quase arrancados... ficamos livres dele por um mês! E aproveitamos também para acertar as contas com Pascal, o ricaço! Achava que com dinheiro podia comprar tudo! Decidi dar uma lição nele, mas de maneira diplomática.

Como Kiki tinha sido trasferido, eu assistia aos filmes sozinha no meu canto, tranquila. Pascal começou a se sentar perto de mim, eu deixei, comecei a excitá-lo, mandei ele tirar as roupas, e depois se masturbar... ele fez e o guarda pegou ele com o pinto na mão, eu gritando que ele queria me pegar a força! Foi levado na frente do diretor, eu com a cara mais sem-vergonha do mundo afirmando que ele dava sempre em cima de mim, queria me agarrar e que eu estava farta das cantadas dele! O diretor não quis saber de nada, mandou ele para o buraco de punição, um mês!

Com Eliana na minha residência os domingos começaram a ser intoleráveis. Os guardas que não tinham nada para fazer vinham na nossa cela para serem "chupados"... sob meus olhos ! Fazia de conta que não via nada e ficava lendo, ou eles mesmos me mandavam jogar xadrez com Vlademir, meu amigo filósofo.

Un dia eu estava no pátio fazendo meus exercícios de corridas quando um guarda me chamou: tinha que me preparar rapidamente, o juiz queria me ver. Ai! vou sair um pouco, tomar um arzinho livre no centro de Paris, que genial! O único problema eram as algemas e os insultos da polícia, toda vez que tinha de sair com eles, era insultada, humilhada, maltratada. Já nem me preocupava mais: eu não respondia, ficava quieta. Só que dessa vez não eram eles que me escoltavam, mas os três policiais civis que tinham recebido meu depoimento no dia que fui presa. Quase nem os reconheci, eles tinham mudado tanto. Eles também me acharam mudada:

– Poxa, como você está mais bonita, até mais jovem! disseram eles.

– É normal, respondia: eu, parei de fumar, voltei a estudar, faço esportes todos os dias, e tento me alimentar melhor. Acho que vocês deveriam parar de fumar, é melhor para a saúde, eu dizia.

Fiquei sabendo que não ia ser levada para o palácio da Justiça, mas que ia assistir a um documentário onde Elisa era a atriz... da sua própria vida! Os policiais me deixaram na porta da videoteca, em companhia do meu advogado e foram tomar um café, uma cerveja, sei lá o que até o filme acabar. O juiz tinha ordenado que não era preciso me deixar algemada, eu não ia fugir. Mestre Francis Tissot deu "bonjour maître" a um homem alto, cabelos grisalhos, elegante e com ar de maricona inrustida. Deu-lhe "bonjour maître" e foi no banheiro me deixando sozinha com ele. Eu me sentei no banco e comecei a ler o código penal que não largava mais das mãos. Vestida de um jeans bem coladinho e um blusão vermelho decotado. Minhas botas que empinavam ainda mais minhas nádegas, os cabelos no meio da cintura lindos e brilhantes, suavemente maquiada e ignorando ainda quem era o senhor que estava perto de mim, quando ele me perguntou se eu queria um cigarro. Eu respondi que não e continuei a ler o código penal. Perguntou em seguida se eu era assistente do meu advogado. Eu disse que não. E ele continuou me falando, me explicando o filme que nós íamos ver: a heroína lógico era Elisa! Aí eu compreendi quem ele era. Falando da Elisa como se fosse o ser mais excepcional da Terra! Inteligente, personalidade muito forte, uma perfeita atriz... ah não! Elisa não era como o "safado, invejoso, o assassino sem piedade" que tinha matado a sua cliente para poder tomar o lugar dela! Esse ignóbil queria o lugar da minha cliente, ele queria o monopólio do silicone, foi por isso que "ele" matou-a! Estava com inveja, Elisa era linda! Esse tampinha, feio, vestido de mulher, esse veadinho ia pagar muito caro porque ele pediria a pena máxima ao procurador da Justiça!

    Eliana tinha razão quando ela me disse que Elisa antes de operar comia o rabo da maricona! Aliás, Eliana tinha me dito que mestre Foster só defendia travestis e prostitutas da rua Duperré e que ele era amante da Elisa. Eu compreendia porque ele falava de mim como se eu fosse um verdadeiro monstro!

    E quando meu advogado Tissot voltou do banheiro e que ele me disse "Claudia, vamos, o juiz está nos esperando, o vídeo vai começar" – a maricona ficou gelada! De boca aberta! Lá eu olhei para ele com um grande sorriso muito irônico e disse: "Prazer em conhecê-lo, senhor advogado, o hominho de quem o senhor falava, sou eu! Até mais!". Ele se sentou no banco, os olhos arregalados!

Quando o filme começou, eu pedi a permissão ao juiz para não assistir, o juiz recusou, eu tinha de ver o filme custe o que custar: Elisa falava dela, da sua operação, e a gente via ela fazendo sexo ativo com outras mulheres, homens, etc... As pessoas ficaram chocadas! Quando o documentário-pornográfico terminou o juiz me perguntou se eu conhecia esse filme, respondi que nunca tinha gostado de ver esses tipos de filmes. Dizendo isso me dirigi ao mestre Foster jogando-lhe na cara: é né, super atriz? Para quem gosta de ver uma imagem feminina com um pau desse tamanho entrando no cú dos outros, é, o senhor tem razão, é mesmo uma boa atriz! Meu advogado deu risada, o juiz também.

Até que enfim consegui ser trasferida, na cela número 7 dando de vista para o pátio, assim eu podia ver tudo o que se passava quando os detidos iam ao passeio. Depois de mais de um ano presa, minha reputação estava feita, não tinha mais de explicar o que tinha feito, nem o por quê da coisa: de toda maneira minhas cartas eram lidas nas rádios todos os domingos. E comecei a receber cartas de ouvintes revoltados com o meu caso. Se fosse condenada a muitos anos de cadeia, era que não existia justiça, diziam as pessoas. Nós veremos, eu esperava uma pena razoável.

Agora que meu dossiê estava concluído, o juiz fixou a data do meu julgamento para o mês de junho, disse-me senhor Tissot. Ele tinha me pedido tudo o que tinha acontecido por escrito. Escrevi tudo e adiantei o que ele deveria dizer quando fosse me defender. Tudo o que queria era explicar aos jurados que eu não era, e nunca fui e nunca serei, esse monstro, esse assassino horrível que os outros queriam que eu fosse! Julgada aceitaria, só não permitiria a mais ninguém sujar minha alma, meu corpo; o fato de ser diferente não dá o direito a ninguém de me julgar, queria que eles julgassem o ato que foi cometido, não o ser humano que eu sou! Esperava ter um julgamento digno... as pessoas diziam que eu sonhava! Nunca eu teria um julgamento digno! Eu não tinha pai, vivia sozinha no mundo e não era só no Brasil ou nos Estados Unidos que os pobres miseráveis pagam sempre mais caro que os riquinhos! Na França também era assim. Sobre umas trintas criaturas encarceradas na prisão da Santé, somente seis eram brasileiros. Os demais eram franceses, marroquinos, algerios, colombianos, espanhóis, argentinos, antilhanos e tailandenses! Todas essas pessoas juntas não era coisa fácil manter a ordem. Insultos, brigas muitas vezes por um nada, era meu cotidiano e o diretor da prisão me chamou e disse que se isso não mudasse, ele não deixaria mais ninguém sair no grande pátio! A única coisa a fazer era uma reunião e explicar para todo mundo o que se passava. Foi pior ainda, porque só suscitei inveja e ódio e um traveco antilhano que media um metro e noventa, todo cheio de músculos decidiu de me encarar gritando no pátio que não tinha medo de mim e o que eu estava dizendo era mentira, isso era para poder ser a chefe na cadeia como eu tinha feito quando quis pegar o lugar da Elisa! E jurou que ia dar conta de mim... Na realidade, Cunlélé começou a agir deste jeito depois que começou passar um tempo com Daniel, uma veadona velha e mesquinha e o matador do 18Ème Arrondissement – um bairro quente de Paris. O matador parecia Carl Lewis, o atleta americano. Ele se chamava Thierry Paulin e tinha matado mais de trinta mulheres, quase todas velhas, em 1980, nunca foi condenado porque morreu de aids antes mesmo de ser julgado.

Os três formaram uma mistura fora do normal. Eu não tinha medo porque Kiki tinha me ensinado muitos golpes de defesa, estava pronta para o que desse e viesse! E veio, né? Cunlélé para me provocar se sentou no meu lugar na sala de cinema. Estando preparada para brigar, eu tinha amarrado meus cabelos e colocado agulhas no coque. Os guardas sabiam que quando eu estava vestida desse jeito é que ia rolar! Quase todos amigos, um me disse "boa chance Claudia" e "se precisar de mim, estou aqui"... Quando entrei na sala pedi para eles saírem do meu lugar, eles me insultaram dizendo que eu não tinha comprado o lugar e se eu quisesse recuperá-lo eu ia ter de mostrar se eu era mesmo valente... respondia que não queria brigas, mas me sentei do lado deles. Recebi uma porrada na cara! Passei a mão na boca e senti o sangue! Foi demais, perdi o controle, voei em cima que nem uma ursa, já dando porrada, pontapés, oxente! Caímos no chão, rasguei ela toda, deixei ela pelada, ela agarrou meu coque e gritou de dor: a mão dela ficou grudada nas agulhas, os guardas nos separaram. Contei tudo para o diretor, passamos na frente do chefe dos chefes, e Cunlélé foi trasferido para uma outra prisão. O matador também.

Uma manhã Vlademir me disse que Rulph tinha sido liberado, pagou o equivalente a 15 mil reais de fiança para sair: quando se é rico, até a liberdade se compra; não é a mesma coisa quando se é pobre, sempre a ilegalidade!

As "amiguinhas" estavam sempre fofocando, me diziam que Fred tinha se amigado com uma brasileira, que tinha ido para o Brasil com ela, Ana, ela era muito linda... Aí quando Ali chegou, um tunisiano lindo e gostoso capaz de fazer ficar molhada mesma uma freira de 70 anos, eu aceitei as paqueras! Falaram também para Fred que eu estava namorando... que namorando, estava é... poxa, sou de carne e osso, hein? Sou Deus não... E quando a gente se via na visita, ele dizia que era mentira, eu também... a gente continuava a se amar... mesmo longe um do outro.

A verdade é que eu estava mudando, estava jogando fora de mim tudo o que era ruim: ciúmes, possessividade, paixão idiota, agressividade, o desprezo que tinha sentido por outras pessoas sem mesmo nem saber por quê; acho que queria me purificar, e o inferno dentro do qual eu estava seria a melhor coisa.

Só que quando estava sozinha, no silêncio carcerário, chorava horas, pensando em Fred.

Por causa de mim, Ali foi para a cela de isolamento e ficou 8 dias: o guardinha safado, amigo do chefe que me assediava, mas que nunca conseguia nada comigo, se vingou em Ali. Dois safados, enquanto o chefe fazia o que queria comigo, ele vigiava. Eu ainda não tinha dado conta dele, mas ia dar, um dia ou outro ele ia me pagar...

A REJEITADA

Pegou no dia que o diretor surpreendeu-lhe com a piroquinha na boca da Regina... Ali, Regina e eu... combinamos tudo... no dia que ele veio para a cela dela, eu que já estava sabendo, mandei chamar o diretor que estava na sala do meu lado... Mandaram ele embora da nossa prisão!

Segunda-feira, 17 de maio de 1982. O sol quente iluminava Paris, capital da luz... Rolland Garros cheio de gente, os turistas invadindo Paris enquanto eu estava sendo convocada para ver sua majestade, o Senhor Procurador da Justiça. Ele parecia meu caro amigo Michel Foucault, sem o sorriso. Já tinham lhe dito que eu era um "ser à parte"... Então quando ele me viu não conseguia falar: senhor, senhorita... decidiu me chamar de Mademoiselle... Como o senhor quiser, eu lhe disse.

– Como é que você quer que eu a chame?
– Como o senhor achar melhor vossa majestade, eu disse. O senhor vê o que na vossa frente?
– Vejo uma Mademoiselle...
– Muito obrigada, Senhor.

Poxa, perder um dia todo só para ver quem ia dirigir os debates! E eu voltava para a cadeia, em companhia dos CRS. Nunca os mesmos, e toda vez eu tinha de suportar as piadinhas, até o dia que fiquei nervosa e disse para eles continuarem a ir no bosque chupar o pau das bichas porque eu não tinha nada para eles no meio das minhas pernas! Teve um que quis me bater, levantei a cara e lhe disse dê... vai bate! Só que amanhã mesmo eu mando uma carta para o Tribunal dos Direitos Humanos e fodo tua raça, tá bom? Nunca mais você vai querer humilhar alguém como eu, escutou?

Fred um dia me disse que eu estava engordando muito: estava com 59 quilos; antes eu pesava 54 quilos... Fiquei tão complexada que no outro dia fabriquei uma cintura abdominal com o coberto e sacos plásticos e corria duas vezes mais que de costume.

Quanto mais o tempo se aproximava da data do julgamento, mais angustiada eu ficava... isso provocou um começo de psoríase... no cotovelo esquerdo. Corri para o médico generalista que me mandou ver meu psiquiatra o qual me disse que não podia fazer nada por mim, se eu quisesse sarar, tinha de fazê-lo eu mesma. É psicossomático... ah, tá bom? Coisa da cabeça, é? Tá bom, doutor, vou sarar sim. E sarei, mandei tudo para aquele lugar... fiquei boa e linda! Só fazendo ioga! Poxa!

Fui convocada pelo diretor. Dizendo-me que depois do meu julgamento eu iria para uma central feminina, fora de Paris.

Dia 24 de junho de 1982, meu grande dia... os CRS me algemaram, colocaram uma corrente nas pernas e me levaram corredor a baixo, injuriada, maltratada. E eu pensava em Jesus quando ele foi levado para o Calvário, empurrado pelos soldados, chicotiado... só faltava me cuspirem. Eu não respondia, meu pensamento tinha voltado ao nordeste do meu país, a Garanhuns, e pensava na minha Dona Maria Henrique Tavares, nos meus irmãos... gostaria tanto de vê-los... mas estava só, sozinha com minhas lágrimas, minha dor, minha tristeza. Pensava no pai que não tinha conhecido. Os soldados diziam "anda, anda mais rápido", tiravam sob a corrente, me empurravam, eu continuava longe, tão longe que não me incomodava com suas brutalidades. Neste momento pensava em morrer pra não ter de passar por isso, ia servir de espetáculo para essa gente reunida como um enxame de moscas à merda só para ver minha miséria, meu sofrimento e angústia.

O ódio queria me dominar, minha vontade lutando para não sentir o ódio contra tudo que era masculino, porque achava que eles, os homens, eram os mais culpados dos meus sofrimentos. Era esse, talvez, meu destino? Sofrer seria a única solução? Um milhão de pensamentos atravessavam minha cabeça enquanto a gente atravessava o subsolo do Palácio da Justiça parisiana. O mal cheiro, as merdas de pombos caindo em cima de nós, e nós avançando. Tinha a impressão de fazer parte de um filme na idade média e que ia na guilhotina.

Quando chegamos no palácio, uma porta enorme se abriu e dei de cara com uma plateia já sentada, esperando a minha vinda. Parecia mais um teatro que uma corte de justiça, só que era minha liberdade que ia ser representada. As pessoas tinham se vestido como se fosse domingo. Minha nova família estava lá e isso me deu muito prazer, me senti menos abandonada. O advogado, sua assistente sempre me aconselhando, me dizendo que eu devo fazer piedade aos jurados, eles têm de pensar que você é uma pobre miserável, que você é vitima... dizia ela... Teve momento que deu vontade de mandar plantar batatas! Fazer piedade, pra quê? Por quê? Não quero a piedade de ninguém, eu quero justiça, é só! Se Elisa não tivesse pagado alguém para me matar, se ela não tivesse me assediado durante três meses, eu não estaria no boxe dos acusados e ela estaria viva.

Neste momento um cara vestido estranhamente gritou como um vendedor de peixe: " A Corte", todo mundo se levantou, eu não. Estava tão longe, tinha a sensação que não era eu que estava lá. Que mascarada! eu pensava! Que carnaval! Eles precisam realmente se vestirem desse jeito para julgar alguém? Ah mas um julgamento não seria um, se não tivesse toda essa frescura! Eles precisam de grandes gestos, roupas vermelhas, verdadeiros palhaços! Um dia vão ter de achar uma outra forma para julgar os seres humanos, vá! Talvez fosse melhor inventar uma máquina para nos julgar, ao menos o juiz não poderia julgar ninguém com suas convições, mas pelo puro direito. Uma máquina seria neutra, um homem não.

– A Corte! Gritou a bicha louca pela segunda vez. O Presidente da corte me disse:

– Réu, levante-se! Anunciou o presidente.

Eu estava tão longe que nem tinha escutado, continuando sentada.

Quando me levantei, fui apresentada ao público, aos jurados, aos jornalistas.

Frédéric, oh! Fred, porque vieste com ela, tua nova amiga...

– Você nasceu tal dia, etc. Sua mãe teve 16 filhos, é verdade? perguntou o presidente, como se ele já não soubesse. Como sua mãe, suas irmãs você também se prostitui (pobre da minha mãe: trabalhou de garçonete num cabaré e é considerada como uma puta).

E manda vê, seu presidente! Diz tanta merda sobre mim, sobre minha família, esse filho de uma puta! Se não fosse presidente, quebrava a cara dele, mas bom...
– E foi... foi assim mesmo, senhor presidente...
– ... Ela teve seu primeiro filho com 13 anos, é verdade?
– É sim, seu presidente...
– É verdade que ela morreu com 38 anos, é?
– Foi isso mesmo, senhor presidente...
– Responda mais alto, ninguém escutou. Sua mãe teve 16 filhos e um de cada pai diferente?!
Mas desculpe-me, porque tantas questões sob minha santa mãe? Sou eu que estou sendo julgada, não ela! Ela já morreu, não gosto de falar do passado da minha mãe, isso é uma violação da sua alma!
Eu sinto minhas lágrimas subirem aos olhos, meu coração se acelera, eu soluço, não consigo falar, fico gelada... A assistente do advogado me fala, me sussura na orelha que eu tenho de falar mais alto, explicar minha infância, a vida da minha mãe... Só que eu, eu só quero esquecer minha infância, deixar para tráz o que me fez mal! Quero que tudo o que aconteceu comigo fique nas profundezas do oceano, como um barco afundado. Por que tenho de me lembrar de tudo isso de novo, destas cenas horríveis que muitas noites me impedem de dormir, diga-me por quê?
Minhas lágrimas caem, uma atrás da outra e eu só queria voltar para minha cela, não responder a nenhuma pergunta estúpida!
– E você, com que idade se prostituiu, mademoiselle Claudia! Com 13 anos, não foi? Como sua mãe? Perguntou o presidente, com um sorriso irônico olhando para a platéia, para ver se estava tendo sucesso. O sem vergonha do Fred me olhou com tristeza e mandou um beijo com um "je t'aime" eu te amo no vento.
"Se você me ama, porque você trouxe essa perua junto com você para assistir a meu processo, hein?".
– Tavares, diga para nós como foi sua infância.
Não conseguia falar; dentro da minha cabeça as imagens se engarrafavam, surgindo dos meus abissais cerebrais e eu me via quase

saindo do ventre da minha mãe. Vendo meu corpo de bebê dentro da rede, escutando o apito da maria-fumaça quando ela passava em frente de casa, em Palmeiras dos Índios, via as lagartixas subindo nos muros, fugindo quando uma das irmãs entrava no quarto. E eu, naquele momento em que o presidente Foch me ordenou para falar do meu pai, eu teria me transformado em uma lagartixa, para desaparecer eu também, sem que ninguém me visse.

– Seu pai abandonou você quando você nasceu, é isso?

Ele já sabe de tudo, o senhor presidente da corte, que não cheguei a conhecer meu pai, mas ele insiste, ele quer que eu diga quem ele era... me desculpe, senhor presidente, mas não posso falar de quem ainda não conheci, quem sabe um dia...

Por que ele insiste tanto para que eu fale da minha vidinha de criança, devo começar por onde, seu presidente? Quando caí na fossa dentro da merda? Ou devo explicar o que o turco fazia no meio das minhas pernas quando tinha talvez apenas 5 anos?... hum, vou contar para eles como minha irmã Kika degolava os pescoços das galinhas em casa...; ah! Não, não posso lhe dizer isso, ele vai pensar que gostava de ver o sangue correr, que gostava da morte, é por isso que matei! Se realmente, senhores jurados, se realmente eu tivesse que vos explicar toda minha infância no meu Nordeste, que dois dias de processo seriam pouco. Eh! Bem não, senhores, eu nunca tive prazer de ver alguém morrer nas minhas mãos, ao contrário, sempre detestei quando via matar bois, vacas mesmo sabendo que era para se comer, sempre ficava triste quando via um animal ser sacrificado unicamente para poder matar nossa fome; eu os via, os bois, senhores, chorando quando eles passavam perto de mim para serem sangrados... Talvez seria melhor dizer para eles como foram meus natais sem presente, sem um beijo de um pai nem de uma mãe, sem ter um avô, uma avó, nem sequer uma tia... não, eu não vou contar nada disso para eles, eles que nasceram ricos, bem nascidos, e que nunca faltou nada... eles não podem compreender o que eu sinto no meu coração.

– Vossa mãe morreu quando você tinha 12 anos? Como? 13 anos, é isso? Mademoiselle Tavares. E quem se ocupou de você depois? Suas irmãs?

Eu estava paralisada, não conseguia falar da morte de mamãe, ainda queria me negar, queria pensar que ela ainda estava viva.

– Senhor presidente, isso não fez nenhuma diferença, com minha mãe viva ou não, eu sempre me ocupei de mim mesma depois que minhas irmãs mais velhas foram embora de casa.

Depois de muitos debates inúteis, falando do meu padrasto, de um monte de besteiras sob mim, mas sempre minimisando os estrupos, as dores, minhas dores, alguma coisa que poderia ao visto dos jurados jogar em meu favor, não ele só evocava coisas banais, sem nenhuma importância.

No segundo dia falaram da vida da Elisa e o pai dela, o Senhor Juiz, levantou e deixou a sala de audiência quando viu o filho no filme pelado, de pau duro, sodomisando um casal. Nesse momento todos os jurados me olharam, como se eles tivessem acabado de conhecer Elisa, vendo que eu não era tão monstro assim, e quem sabe, fosse mesmo uma vítima.

A parte civil mandou vê: me cobriu de tudo o que era ruim, todas as palavras baixas foram utilizadas. O promotor fez comigo o que se faz numa arena aos touros, picou, sangrou e deu o golpe fatal pedindo dez anos de reclusão criminal. Estremeci, me faltou ar, me senti mal. Como era possível, dez anos por ter defendido minha vida? Não posso acreditar, disse aos advogados. Eles conversaram, discutiram, etc... todo mundo saiu da sala, todo mundo voltou, e a sentença caiu como uma cassetada, me deixando sem saber o que dizer.

– Os jurados, nesta corte de Paris, neste ano de 1982, condena Mademoiselle Tavares Claudia a reclusão criminal por sete anos de cadeia!

Como a vida é estranha: dei sete tiros, na frente do número sete da rua Duperré, fui condenada a sete anos e moro na cela sete...

ÚLTIMA PARTE

Frédéric continuou a vir me visitar durante todos os anos que fiquei presa. A administração francesa, não sabendo o que fazer comigo, preferiu me guardar no mesmo lugar. Eu continuei meus estudos na minha celinha número sete. Fiz uma longa psicanálise, e isso me ajudou muito a compreender certas coisas da vida. Passei alguns diplomas. E no dia sete de abril fui liberada. Fred não estava na porta da prisão como ele tinha me prometido. Não me deram um pontapé me dizendo "xô! xô", vai embora, não. Fui levada, de novo, ao tribunal, dessa vez não por assassinato, mas por ter infligido a lei: de fato, em 1984, estava ainda presa quando a justiça francesa decidiu me expulsar do território. Na verdade eles deveriam ter me colocado no avião na metade da minha pena, quer dizer em 1983. Nesse caso, minha detenção era ilegal.

Um novo julgamento ocorreu, tive a sorte de encontrar uma advogada defensora dos Direitos Humanos, francesa, que me acolheu em sua casa, nos conhecemos graças às minhas cartas lidas na rádio. Ela começou a me visitar na prisão e foi ela quem apresentou meu manuscrito – levado debaixo do braço bem escondidinho – para a editora que se propôs publicar o livro.

Com todos esses argumentos ela conseguiu que eu ficasse livre e que, uma vez o livro editado deveria voltar para o Brasil.

Só que eu decidi que iria embora quando tivesse vontade! Fiquei em Paris e com minha carteira de identidade francesa, fornecida por policiais franceses, comecei a trabalhar cuidando de crianças, e limpando o bumbum de pessoas idosas. Continuei a ver Fred que sempre arranjava uma desculpa para não acabar o namoro com a outra... dessa vez uma francesa...

Maio de 1987 meu livro, *A mulher inacabada*, foi publicado. Todas as televisões da França, as rádios, os jornais, revistas, me pediram entrevistas. Uma das entrevistas mais marcantes foi com o atual Ministro da Educação: Frédéric Mitterand, sobrinho do antigo Presidente da República francesa.

Junho do mesmo ano, quando estava dentro do metrô retornando de uma entrevista na TV TF1, canal equivalente da nossa TV Globo, encontrei Farid, um jovem algerino com quase a mesma idade que eu. Decidi terminar tudo com Frédéric e comecei, depois de ter alugado um apartamento de cem metros quadrados, fomos morar juntos. Amei muito Farid, éramos funcional, mas num sábado à noite, tínhamos sido convidados para um jantar na casa de amigos, um acidente o qual para mim é um mistério total: estávamos todos jantando, uma *fondue bourguihona*, quando uma faísca caiu dentro da cassarola cheia de óleo quente, derramando tudo em cima de Farid, queimando-o a terceiro grau. Fomos às urgências, infelizmente Farid faleceu na quarta-feira de madrugada, me deixando de novo aniquilada! O pior foi quando a família levou o corpo para ser enterrado na Argelia, sua terra natal. A vida me pareceu impossível sem ele, e nada mais tinha importância. No mesmo ano entrei no hospital e enfim os médicos franceses colocaram fim no meu calvário: deixava de ser de sexo indeterminado, passando a ser uma mulher respeitável!

Durante cinco anos, 1995 eu fui trabalhar, mas sem ter gosto por nada, o vazio sempre estava dentro do meu coração. Comecei a pensar nos meus irmãos, e fiz o pedido de um passaporte, vim ao Brasil, não como brasileira, mas como francesa... Encontrei todos vivos, casados, pais de família. Um dia meu irmão, Elias, me perguntou como vivia na França, se tinha uma casa própria, disse-lhe que estava pouco ligando com coisas materiais.

Fim de 1995 conheci Sebastien, fomos juntos ao Brasil, ele compositor, músico e amando loucamente meu país e suas músicas. E é com Sebastien que vou de novo amar com todas minhas vísceras o meu país, que vou compreendê-lo melhor! Em 2002 publiquei meu segundo livro: *Minhas Circunstancias Atenuantes.* Seguindo os conselhos do meu irmão, comprei um apartamento. Em 2004 quando minha sobrinha telefona, em seguida passou a mãe dela, depois minha irmã, depois a outra. Éramos as cinco falando ao mesmo tempo: uma em Alagoas, a outra em Pernambuco, e uma outra, Fafa Bocão, no Rio de Janeiro. Conversa vai, conversa vem, fiquei sabendo depois de tantos anos quem era meu pai! Fiquei tão doida que larguei tudo, e voltei em Palmeiras dos Índios. Questionei todo mundo, minha madrinha, a mesma que eu tinha, com 7 anos, perguntando para ela quem era meu pai. Vizinhos da minha mãe, e enfim fui em Arapiraca. Foi lá que meu pai viveu, foi deputado, onde ele encontrou minha mãe, onde ela o amou; onde eu nasci. Entrei em contato com irmãos, filhos do meu pai. Fui em Maceió, na Assembléia Legislativa, visitei o escritório dele, li tantas coisas que ele tinha escrito. Voltei para Paris mais determinada do que nunca, enfim eu sabia de onde vinha.

Em 2005 vendi meu apartamento e comprei um restaurante, passei a ser a chefe cozinheira! Toda a imprensa me acolheu, me felicitando, lógico, eu não, nós, Sebastien e eu.

Em 2010, cansada de ser estrangeira no meu próprio país, entrei em uma ação de justiça, pedi que meus documentos fossem modificados. Passei na frente de uma perícia, foi constatado que verdadeiramente eu não tinha nada de homem... A juiza concordou com meu pedido.

Final de 2010 abrimos mais um restaurante brasileiro no centro de Paris, bem pertinho da catedral de Notre Dame. No dia 3 de abriu de 2010, casei, é sim gente, casei no civil, lógico!! Tirei uma carteira de identidade brasileira, título de eleitora, um passaporte, um cpf e fui votar, e ela ganhou! Até que em fim uma mulher no Poder, esperei tanto por esse momento e ele chegou. Há quatro meses conheci a Cia dos Livros e mais um filho, graças a essa Editora, nasceu, e vocês, leitores, serão os padrinhos e madrinhas dele! Muito obrigada pelos momentos que passamos juntos.

    Peço desculpas pelos palavrões, foi a realidade do que vivi, fazia mais de 38 anos que eu não escrevia um "bom-dia" na minha língua natal, agora que escrevo, voltei a ser feliz!

Claudia Tavares